MARIAGES DE SAISON

JEAN-PHILIPPE BLONDEL

MARIAGES DE SAISON

ROMAN

BUCHET • CHASTEL

ISBN : 978-2-283-02839-1

à C. L.

Été 2013

8 juin

La sonnerie du réveil. 6 h 30. Corentin tente de se raccrocher quelques secondes à son rêve, il était question d'eau, d'océan ou de rivière, mais trop tard, l'aquatique s'est retiré et Corentin est échoué sur son lit, en nage. À côté de lui, Aurore n'a pas bougé d'un iota. C'est étonnant de s'appeler Aurore et d'avoir un sommeil de ce plomb-là. Aurore n'émerge jamais avant la fin de la matinée, quand elle est en repos. Corentin soupire. Il n'a pas du tout envie de vivre la journée qui se profile devant lui. Dehors, les oiseaux pépient déjà – de quoi vous donner envie d'acheter une carabine et de tirer dans le tas.

Corentin sort de la chambre sans faire de bruit. Il jette un coup d'œil au costume suspendu à la tringle à rideaux. Samedi

8 juin. Aujourd'hui. Un mariage. Encore un. Son esprit commence à anticiper – les préparatifs, la coiffure, la cérémonie –, mais Corentin refuse de se laisser entraîner. D'abord, un café. Une cafetière entière. Ses parents ont proposé de lui offrir une nouvelle machine, de celles qu'on trouve partout désormais, avec les capsules hors de prix à commander sur Internet, de celles qui vous servent « des cafés onctueux et mousseux à l'extrême, à la fois corsés et aromatisés », de celles dont les nouveaux propriétaires se sentent soudain obligés de se muer en publicitaires pour en vanter les mérites et en justifier le coût – mais il a décliné. Corentin tient à son électrique, à ses filtres à moitié détrempés qui se replient tout à coup et transforment le liquide attendu en une eau pisseuse et trouble ; au bec de la verseuse, mal positionné par rapport à l'anse et qui oblige à une contorsion invraisemblable du poignet pour parvenir à verser le breuvage dans une tasse. Une cafetière entière. Deux toasts nature. Et la paix. Le petit déjeuner rêvé de Corentin – à part qu'il est 6 h 30, un samedi.

Manque le quotidien local aussi. Corentin est un lecteur assidu du journal, qu'il part acheter au bureau de tabac au coin de la rue tandis que la machine à café crachote le nectar à venir. Tous ses amis se moquent de lui – personne de son âge ne lit cette feuille de chou provinciale qui égrène les décès, les communions, les fêtes d'école, les visites du Père Noël dans les maisons de retraite et le partage de la galette dans les clubs sportifs. C'est bon pour les vieux ou pour les élus, qui cherchent à être vus en photo à toutes les pages. À vingt-sept ans, franchement, Corentin devrait avoir autre chose à faire de bon matin – peaufiner un statut Facebook ou envoyer quelques SMS, par exemple. Corentin répond que c'est une sorte de déformation professionnelle. Il guette les comptes rendus de mariages et de cérémonies officielles et ironise sur les clichés noir et blanc qui semblent sortis de l'armoire de ses grands-parents. Mais, avant tout, il repère. Dans quel village l'événement s'est-il déroulé? Quelles sont les professions des nouveaux époux? Et surtout, qui a obtenu le contrat?

Corentin est vidéaste de mariage. Un emploi saisonnier qui commence mollement en mai et se termine sous les trombes d'eau de septembre. Cinq mois intensifs de week-ends occupés, qui, alliés au mi-temps qu'il exerce comme assistant d'éducation dans un collège, lui permettent de vivre correctement, à condition de ne pas souhaiter partir en vacances aux États-Unis ou de ne pas avoir envie d'acheter une voiture haut de gamme. *Vidéaste de mariage.* Chaque fois qu'il prononce ces mots, ses interlocuteurs froncent le sourcil en se demandant à quoi exactement cela peut correspondre. Généralement, Corentin se racle la gorge et explique dans un murmure que c'est comme un photographe de mariage, mais au XXIe siècle. « Je filme, en fait. » Il se croit souvent obligé de préciser que ce n'est qu'un emploi temporaire, en attendant mieux – toutefois plus les années avancent et moins il en est persuadé. Il a laissé tomber ses études d'histoire à l'entrée en master, il ne se voyait pas enseigner, et encore moins travailler dans le patrimoine. Son parrain, Yvan, cherchait quelqu'un qui sache se débrouiller avec une caméra, pour lui donner un coup de main. Corentin s'est proposé. Yvan a été surpris, alors Corentin lui a montré les films qu'il avait réalisés au lycée, quand il était élève – de petits courts-métrages sans intérêt, mais qui prouvaient qu'il savait utiliser le matériel. Yvan a haussé les épaules – pourquoi pas, après tout? On pouvait faire un essai.

Ils forment un duo, maintenant, le parrain et le filleul. Vingt-cinq ans d'écart. Presque aucun goût en commun – Corentin serait plutôt porté vers les romans intimistes, Yvan vers le récit d'aventure; Corentin aime le cinéma asiatique et contemplatif, Yvan ne jure que par les séries américaines; Corentin pense que l'écologie devrait primer sur l'économie, Yvan répond qu'il a de la merde dans les yeux –, mais une relation qui se consolide pourtant, sous le regard stupéfait du père de Corentin, dont Yvan était censé être le meilleur ami. Un lien qui s'établit dans les habitudes qui se créent, à deux – la familiarité de l'autre corps, de son odeur, de la place qu'il prend (Yvan, passionné de tennis dans ses jeunes années, a, disons, beaucoup perdu), la connaissance intime du fonctionnement de son esprit, de ses associations d'idées, des plaisanteries qu'il va tenter ou refouler. On les prend souvent pour père et fils. Yvan refuse la paternité d'un air bourru, mais on sent qu'au fond ça le touche. Yvan n'a pas eu d'enfants. Une vie sentimentale compliquée – un amour éternel pour une épouse qui ne quittera jamais ses enfants, entrecoupé de liaisons plus ou moins longues avec des femmes qui souhaitaient plus d'attention, une présence au moins le samedi et le dimanche, qu'est-ce que c'est que ce métier qui vous laisse oisif toute la semaine et vous accapare le week-end ? Aucune n'est restée, Yvan n'a pas non plus cherché à les retenir. Il met parfois Corentin en garde : « À force de te farcir des cérémonies à longueur d'été, tu finis par ressentir une espèce de nausée, tellement de petits fours, de coupes de champagne, de saumon fumé, et puis toutes ces piques, ces reproches, ces rancœurs que tu perçois derrière la caméra, ça t'indispose, en tout cas ça ne te dispose pas, tu n'as pas envie de passer de l'autre côté de l'objectif, et résultat, eh bien, tu fais du surplace dans ta vie. Je t'interdis de suivre mon exemple, Corentin, à un moment donné il faut arrêter, tu trouves un vrai boulot, à temps complet, ou alors tu te spécialises dans la vidéo de mariage, mais alors tu montes une vraie entreprise, pas de l'artisanat comme nous, et tu sais quoi ? tu sous-traites, tu laisses faire le sale boulot à d'autres, toi, tu te roules les pouces, tu agrandis la boutique, tu l'appelles *Corentin Mariages*, et tu cherches de nouveaux clients, c'est tout, tu me jures, hein, Corentin, que tu ne te laisseras pas engluer dans la boue ? »

Yvan parle beaucoup. Il peut soliloquer pendant de longues minutes tout en continuant à cadrer, zoomer ou nettoyer les lentilles. Cela ne dérange pas Corentin qui, de son côté, n'est guère bavard. Corentin aime ce bruit de fond qui lui rappelle celui de la télévision dans le salon, chez ses parents. Yvan a été l'un des témoins au mariage des parents de Corentin, comme il avait été témoin du coup de foudre du père de Corentin – Pascal – pour sa future épouse – Pascale – dans un night-club de campagne, il y a de cela une trentaine d'années. Un temps que les parents de Corentin ont tendance à appeler « bon » et « vieux » alors qu'Yvan n'a de cesse de pester contre les années 1980, les tenues bleu électrique, les poses étudiées des jeunes gens post-modernes, et cette musique, mon Dieu, cette musique qui vous donne envie de vous rendre chez le premier disquaire venu avec une batte de base-ball pour tout détruire. « Quand on pense, poursuit souvent Yvan, qu'aujourd'hui ils nous ressortent toutes ces niaiseries *vintage* et délicieusement sucrées, qu'ils rêvent tous d'avoir eu vingt ans à cette période-là, parce que c'était l'âge d'or, je vais te les renvoyer tous illico presto au temps de Reagan et Thatcher, de l'apparition du SIDA, de Tchernobyl et des premiers traders, tu verras qu'ils feront moins les fiers. Les années 1980, c'était la même merde que maintenant, point à la ligne. »

Corentin sourit en prenant son troisième café. Il aime beaucoup Yvan. Davantage que son père, d'ailleurs – et sans doute même que sa mère. Ce qui est sûr en tout cas, c'est qu'il passe beaucoup plus de temps avec lui qu'avec ses parents. Ses parents qui s'inquiètent, eux aussi, qui plissent le front, qui se demandent quand il va trouver un travail sérieux, du solide, sur lequel bâtir un couple, des enfants, un pavillon, parce qu'on est quand même né sur cette terre pour perpétuer les traditions de ses aïeux, non ? Corentin ne répond pas. Il n'a toujours pas d'idée précise du métier qu'il souhaiterait exercer. Il y a quelques années, quand on lui posait la question, il répondait encore « réalisateur. Ou monteur. Ingénieur du son. Un truc dans le cinéma ou le spectacle », mais il n'est jamais allé jusqu'à s'inscrire dans une école spécifique. Il se disait que c'était mieux d'apprendre sur le tas. Il savait pertinemment qu'il se berçait d'illusions.

7 heures

Dans l'immeuble, toujours aucun bruit. Il est le seul à se réveiller aux aurores le samedi. Le dimanche, il y a les acharnés du sport – ceux qui ont des matchs de foot à l'autre bout du département ou des courses cyclistes qu'on retrouvera en photos noir et blanc le lendemain dans le journal –, mais le samedi, c'est sacré.

Il pense à la mariée du jour. Elle s'appelle Aline. Aline Dulong qui deviendra au cours de la journée Aline Dulong, épouse Célesta, unie pour le meilleur et pour le pire à Christophe Célesta, vingt-neuf ans, employé de banque. Elle, c'est une petite souris grise qui travaille comme professeur des écoles, dans une classe de CE2. Cheveux longs ramenés en queue-de-cheval, pantalon beige, haut de la même couleur, ballerines et yeux assortis, un mètre soixante environ. Elle n'est pas à l'origine de la proposition. Elle n'aime pas trop l'idée d'être filmée pendant toute cette journée. Elle sait d'avance qu'elle ne regardera pas le DVD dans les années à venir. Elle explique que la naissance de ses futurs enfants, ça, c'est autre chose, elle espère que Christophe sera là, avec son téléphone portable, pour graver les souvenirs. Pour le mariage, elle n'y tenait pas vraiment, mais bon, sa belle-famille insistait – c'est surtout pour eux qu'on organise tout ça, d'ailleurs. Si cela n'avait tenu qu'à elle, un passage à la mairie, avec quatre témoins, c'était bien suffisant. Mais pour sa belle-mère, Catherine, c'était tout simplement impossible. Catherine et son mari Jean voient les choses en grand. Ils ont économisé depuis des années en vue du mariage de leur fils unique, alors il n'est pas question de leur faire faux bond. Ils veulent pouvoir montrer à tout le village qu'ils ont des moyens, et qu'ils savent s'occuper de leur famille. Après tout ce qu'ils ont entendu quand Christophe est né grand prématuré ! Que le bébé ne survivrait pas, ou qu'il resterait handicapé, voire crétin. Que tout ça, c'était parce que la mère n'avait pas réussi à arrêter de fumer pendant sa grossesse, et qu'elle avait voulu continuer de travailler alors qu'elle aurait pu s'arrêter. Le mariage de Christophe, c'était une revanche. Le futur époux ne contredisait pas. Il ne confirmait pas non plus. Le futur époux avait surtout hâte que ce soit fini, ce cirque.

Christophe Célesta et Aline Dulong s'étaient confiés à Yvan et à Corentin la première fois qu'ils les avaient rencontrés. Contrairement à d'autres, ils ne voulaient pas discuter les prix, préciser les moments à graver et ceux à oublier – ils n'étaient même que moyennement intéressés par les histoires de devis, de temps de livraison du DVD, de coût final. Catherine s'occuperait de tout, elle l'avait promis. Elle paierait tout – le suivi, à partir de 9 heures du matin, des deux héros du jour, le maquillage, la coiffure, l'habillage. D'un côté, de l'autre. Aline Dulong avait préféré que ce soit Corentin qui la suive – elle se sentait plus rassurée par quelqu'un de sa génération, quelqu'un qui ne lui ferait pas des remarques toute la journée, comme son père. Yvan accompagnerait donc Christophe – c'était beaucoup plus reposant. Les hommes, le jour de leur mariage, ne se préparent qu'au dernier moment, enfilent un costume choisi à la va-vite, chaussent avec peine des derbies trop petits et s'en vont à l'église, sans passer par la case fond de teint et cascade de mèches. Le plus dur, c'est de contenir leur impatience. Yvan avait toujours avec lui des dés pour jouer au Yam's ou des cartes pour une belote ou un tarot.

Corentin soupire. Dans moins d'une heure, maintenant, il fera de nouveau face à Aline Dulong. Il espère seulement qu'elle aura la mine moins sévère que lors des deux rencontres précédentes. Une mariée à la triste figure, à part lors d'une cérémonie indienne où l'épouse se doit d'être renfrognée, voire même carrément déprimée à l'idée de quitter le foyer familial, ça fait rarement de bons plans. Il vérifie le matériel, la caméra, les micros discrets, les rails de travelling – une pensée pour le couple de la semaine dernière, qui a préféré opter pour les concurrents, car eux possèdent un drone, totalement automatisé, qui leur permet de faire des prises de vues aériennes lors de la cérémonie à l'église. Yvan a déjà évoqué la possibilité de ce nouvel achat – hors de prix, mais qui permettrait à la microentreprise de perdurer en emportant les marchés. Corentin n'est pas d'accord. Il pense que c'est le lien humain, avant tout, qui fait la différence. Quand il a osé avancer cet argument, Yvan s'est fendu d'un grand éclat de rire.

Dans les arbres qui donnent sur le parking de la résidence, les moineaux s'en donnent à cœur joie. Pas un nuage à l'horizon. Encore un mariage malheureux. Corentin boucle sa ceinture de sécurité. Il doit rouler quarante kilomètres pour se rendre dans le village d'Aline Dulong. Et surtout éviter de penser à la journée qui se profile. Joie et bonheur.

– Vous me trouvez comment ?

Corentin a anticipé la question, bien sûr. C'est toujours la même et elle recouvre partout la même inquiétude : est-ce que je suis désirable, est-ce que je vais faire bonne impression, est-ce qu'on va m'admirer, est-ce que je vais exister, est-ce que je serai un magnifique souvenir pour mes futurs enfants lorsque j'aurai disparu, est-ce que mon mari en aura le souffle coupé, est-ce que je l'hypnotiserai assez pour qu'il ne regarde pas ailleurs ? Il est sur le point d'utiliser un adjectif sorti de sa panoplie hyperbolique, « remarquable », « époustouflante », « renversante », mais Aline Dulong se touche le visage et lance : « Non, ne répondez pas, ça ne sert à rien, vous êtes payé pour faire des compliments, et puis aujourd'hui personne ne m'avouera quoi que ce soit, c'est la grande foire aux hypocrisies », alors Corentin change brusquement d'avis et, avec un sourire en coin, murmure « bouclée ». Aline Dulong, sur le point de se saisir d'un bâton de rouge à lèvres, s'arrête en plein mouvement, le fixe, interloquée, puis éclate de rire.

– C'est malin, quand je me mets à rire, j'ai tout de suite des larmes qui me viennent et je vais ruiner le maquillage.

– Désolé.

– Et alors, le bouclé, ça vous fait quel effet ?

– Ça me surprend. Je ne m'y attendais pas. Ça change complètement votre physionomie.

– En bien ou en mal ?

– Vous paraissez plus douce.

– Parce qu'autrement j'ai l'air d'une peau de vache ?

– Disons que quand nous nous sommes vus vous étiez tendue, ce qui est tout à fait normal.

– Et je paraissais sévère.

– Un peu.

– Je ne le suis pas.

– Je n'en doute pas. Et cette coiffure le souligne.

– Tant mieux.

– Je ne suis pas votre ennemi, Aline, pendant cette journée. Je suis votre allié. Je vous soumettrai toutes les images du film, si vous voulez, vous ne sélectionnerez que ce qui vous plaît, je suis là pour vous, pas contre vous.

Elle est touchée. Corentin le voit à la rougeur discrète qui naît sur son cou. Elle soupire. Elle répond qu'elle espère bien qu'elle n'aura pas d'ennemis le jour de son mariage, et puis elle lance un petit rire. Elle ajoute : « À part ma belle-mère. Et ma cousine qui n'en peut plus de jalousie parce que ce n'est pas elle le centre du monde aujourd'hui. Et ma tante qui trouve que Christophe est quand même beaucoup trop bien pour moi. »

La coiffeuse revient. La conversation cesse immédiatement. C'est une coiffeuse à domicile, amie intime de Catherine. Très maquillée. Moulée dans un pantalon jaune et un tee-shirt rouge qui tente de transformer ses seins en ogives nucléaires. Elle apporte un café à Aline Dulong. Elle observe le résultat de son œuvre. Elle est satisfaite. Elle claironne que la future mariée est rayonnante. Elle demande à Corentin s'il a bien filmé toutes les étapes de cette réussite. Elle ajoute qu'elle espère bien que le DVD restera à usage exclusivement familial, elle ne voudrait pas que ses petits secrets soient divulgués sur Internet, on voit tellement de choses désormais, la concurrence est rude dans la coiffure à domicile, certaines sont prêtes à tout pour piquer la clientèle, mais elle, elle a un atout supplémentaire – l'expérience. On ne trouvera pas à cent kilomètres à la ronde quelqu'un de plus professionnel qu'elle. Elle se rengorge, puis se plonge dans des abîmes de réflexion. Après tout, ce pourrait être aussi de la très bonne publicité, ce film. « J'espère que vous m'avez prise en gros plan. C'est possible d'incruster sur l'écran mon nom et celui de mon salon itinérant, *Inven'tif* ? »

Yvan et Corentin se retrouvent sur les coups de 11 heures. Le débriefing habituel. Comment l'un et l'autre perçoivent les futurs mariés (lui, dépassé par les événements, se laissant flotter au gré des ordres qu'on lui donne ; elle, un peu plus vindicative, possibilité intéressante de se transformer en tigresse d'ici le crépuscule et d'envoyer bouler tous les invités, genre Carrie au bal de fin d'année), point sur le matériel, sur les itinéraires pour arriver aux différents lieux de l'événement – ils ont deux bonnes heures devant eux pour déjeuner, la cérémonie est à 15 heures et ils ne sont pas les bienvenus au repas familial organisé par Catherine ce midi. Corentin cherche sur son téléphone portable les restaurants aux alentours, c'est la rase campagne, il n'y a guère le choix, soit on rentre en ville et on avale une pizza, soit on tente l'*Auberge de Luce* à trois kilomètres, sachant que les commentaires des internautes incitent plutôt à fuir. Corentin jette un coup d'œil à Yvan, mais il sait que la décision est déjà prise : ils vont revenir vers la civilisation – Yvan déteste la campagne, même si chaque fois que Corentin le lui fait remarquer il prétend que ce n'est pas vrai.

– Ce n'est pas la campagne en elle-même qui me dérange, regarde, j'aime bien me balader en Écosse ou dans le Connemara. Le problème, ce sont les villages et ceux qui les peuplent, ces ruraux qui ne sont même plus paysans et qui habitent dans des hameaux ou dans des bourgs parce qu'ils ne veulent pas se mélanger aux étrangers, avec une peur bleue de ce qui pourrait leur faire penser à l'Afrique. Ces crétins qui passent leurs samedis dans les centres commerciaux à l'extérieur de la ville parce qu'au centre c'est trop difficile de se garer et puis qu'au moins, là, on a tout sous la main.

Corentin sourit, goguenard.

– Ce sont ceux qui nous emploient la plupart du temps, non?

– Raison de plus pour ne pas rester en leur compagnie quand on n'est pas indispensables.

Corentin téléphone à Aurore – elle vient de se lever, elle ne viendra pas le rejoindre au centre-ville, elle n'est même pas habillée. Elle est invitée à une soirée par une amie, elle espère qu'il y aura de la place pour danser, elle aime beaucoup danser, depuis combien de temps n'a-t-elle pas dansé? Elle ne sait pas trop à quelle heure elle reviendra, de toute façon, Corentin, tu ne seras pas là avant 3 ou 4 heures du matin, non?

Corentin perçoit le reproche. La faille. Depuis quelques semaines, elle ne fait que s'élargir. L'histoire ne tiendra pas longtemps. Quatre mois, c'est déjà beaucoup. Au début, bien sûr, elles trouvent son occupation tellement drôle et originale, et puis ça donne envie, tous ces mariages. Elles n'ajoutent pas – mais le pensent très fort –

que Corentin est joli garçon, grand, frêle, avec pourtant des muscles fins, dus à une ancienne pratique de la natation. Lorsqu'elles le voient s'habiller les premiers samedis matin – parce que les premiers samedis matin, elles se lèvent avec lui à 6 ou 7 heures, elles préparent le café, elles insistent même parfois pour se rendre à la boulangerie qui vient d'ouvrir –, lorsqu'elles le voient donc enfiler sa chemise, sa cravate, son costume, elles s'extasient, elles battent des mains, elles n'en reviennent pas. Elles sont sûres d'avoir trouvé la perle rare, celui qui ne rechignera pas devant l'engagement, celui avec lequel elles pourront bâtir des châteaux en Espagne et des pavillons dans l'agglomération.

Ensuite, cela se délite.

Impossible de programmer des invitations à dîner le vendredi soir, il se lève trop tôt, ni le samedi, il est déjà pris – à part l'hiver. Elles commencent à faire remarquer que ces beaux costumes et ces chemises impeccables, il ne les met jamais pour elles. Il a beau arguer que c'est pour lui un uniforme de travail, et que ce n'est pas sa vraie peau, elles lèvent les yeux au ciel et soupirent. Bientôt – qui pourrait les en blâmer? –, elles en ont assez de passer leur samedi soir devant la télévision. Elles reprennent leurs habitudes de célibataires. Elles se rendent au bowling, dans les bars, au cinéma, en boîte de nuit, au restaurant, elles font des rencontres, elles ont des amies qui ont des amis, et bientôt, il y a ce garçon sérieux, séduisant, qui poursuit des études de droit, de médecine ou de langues étrangères et qui est disponible, qui sait organiser son planning pour être là, avec elles, malgré les partiels, malgré les stages, malgré l'internat. Elles se rendent compte qu'elles ont elles-mêmes une carrière et qu'il est hors de question de mettre leur avenir en stand-by pour un garçon qui a certes une plastique intéressante mais qui, finalement, n'a que peu d'ambition et aucun plan pour l'avenir. Elles ne résistent pas longtemps. Elles vont voir ailleurs. Elles rompent.

Quand Corentin raccroche, il est un peu déprimé. Il ricane en pensant à ceux et à celles qui ont trouvé leur âme sœur lors de mariages organisés par des tiers – les coups de foudre matrimoniaux n'incluent pas les vidéastes.

– Vous avez bien tout filmé ?

Catherine est là, dans un tailleur à la couleur indéfinissable – entre myrtille et mûre –, le sourcil froncé, le cheveu permanenté déjà presque gras, les lèvres cachant les canines. Elle en veut pour son argent. Déjà qu'elle regrette de n'avoir pas pu avoir *Mariages & Co*, son premier choix, ceux qui ont un drone, parce qu'ils étaient déjà réservés depuis des mois, elle espère tirer le meilleur parti possible de ces deux énergumènes à qui elle ne fait absolument pas confiance (« non, mais tu as vu le jeune, il est limite correct, hein ? »).

– Oui, madame.

– On peut voir ?

– Pas avant le montage.

– Il y a bien des rushs, enfin, des images, des trucs, quoi !

– Chaque chose en son temps.

– Mais c'est incroyable, ça ! Je suis votre cliente, moi. J'ai droit de regard sur ce que vous faites !

– Madame, si vous ne vous calmez pas tout de suite, nous remballons nos affaires et nous partons.

Elle s'apprête à répliquer, mais se rend soudain compte dans quelle impasse elle vient de se fourrer. Elle grogne pour la forme, balbutie quelques mots et tourne les talons. Yvan la regarde s'éloigner avec un sourire matois. Il en a maté des plus coriaces. Le jour du mariage de leurs enfants, les parents se croient tout permis. On est souvent obligé de les recadrer – et ça tombe bien, le cadrage, c'est la spécialité d'Yvan. Corentin se rapproche. Ses joues sont encore rouges. Il a dû s'énerver en observant la scène. Yvan s'inquiète un peu de cette émotivité. Ce n'est pas une aide, dans ce métier. Il faut être stoïque. Ne penser qu'à la caméra, à l'œilleton, à la netteté de l'image – ne pas se projeter dans l'action, rester extérieur, quoi qu'il se passe. Et ne jamais laisser le matériel sans surveillance. Mariage peut très bien rimer avec cambriolage.

Devant la mairie du village, Yvan retrouve son ancien rôle de photographe.

Tandis que Corentin filme le désordre ambiant – les enfants qui jouent et la poussière blanche qui se dépose sur leurs costumes, le grand-père qui a perdu ses lunettes, le maire qui drague ouvertement la mère du marié –, Yvan donne des ordres qui claquent sec dans l'après-midi. Le plus étonnant est que l'assemblée obéit sans mot dire. Même Catherine. C'est important, la photo de mariage. C'est ce qui restera des années sur le bahut de la salle à manger des beaux-parents et dans le deuxième tiroir du bureau du mari. On la ressortira devant les enfants – la cadette, huit ans, aura des étoiles dans les yeux, l'aîné, quinze, jugera ce cliché terriblement ringard et assommant. La seule personne qui trouvera grâce à ses yeux, sans qu'il ne l'avoue jamais, c'est sa mère – dans cette robe à la couleur crème. Jeune. Il ne comprendra pas pourquoi elle a aimé cet homme, son père, qui paraît tellement quelconque comparé à elle.

Le maire est ému. Il a connu Christophe tout petit et il était au lycée avec Catherine. Ils ont d'ailleurs eu une brève liaison – trois jours – juste avant les épreuves anticipées de français. Il récitait les poèmes des *Fleurs du Mal* qui faisaient partie de sa liste imposée, elle le trouvait terriblement romantique. Beaucoup moins quand, le lendemain des épreuves écrites, elle l'a vu embrasser à pleine bouche une fille de terminale. Le maire était séduisant et beau parleur. Il n'est plus que parleur. Et encore, avec difficulté. Il bafouille – le mariage, ce n'est pas sa spécialité. Il y en a de moins en moins dans cette commune rurale. Quant à lui, il a divorcé trois fois.

L'église.

Réquisitionnée pour l'événement. Elle n'ouvre d'habitude qu'un dimanche sur quatre – le curé fait tourner la messe afin que chaque village y ait droit une fois par mois. Elle est bondée aujourd'hui alors que les lieux de culte sont presque déserts le jour du Seigneur – le curé baisse la tête et marmonne quelques propos peu amènes. Il connaît mal les futurs époux. Les a rencontrés deux fois. N'en a pas tiré grand-chose. Plutôt agnostiques, comme les trois quarts de leur génération. Vivant la cérémonie à l'église comme un passage obligé pour faire plaisir à la mère de Monsieur, cette Catherine qui, paraît-il, est l'une des personnes les plus influentes du village, bien qu'elle ne veuille pas participer à l'équipe municipale, pour se garder le droit de critiquer en paix. Ladite Catherine s'avance maintenant vers le curé, toutes dents dehors. Elle souhaite lui présenter Yvan et Corentin, qui vont donc filmer la cérémonie, mais qui sauront se faire discrets, assure-t-elle, non sans leur adresser un froncement de sourcils. Corentin réprime un sourire – il se dit que c'est ce moment-là qu'il faudrait pouvoir enregistrer : le regard du curé – ses yeux qui se plantent dans ceux de son interlocutrice et enfoncent la lame jusqu'à la garde.

– C'est hors de question.

Catherine, qui ne s'attendait pas à un refus, est légèrement décontenancée. Elle porte sa main gantée de blanc à son cou. Elle perd de sa superbe. Elle bafouille.

– Mais enfin, monsieur le curé, nous en avions parlé et…

– Vous en aviez parlé toute seule, madame, et je n'ai en aucun cas donné mon assentiment. Une cérémonie de mariage, c'est privé, cela se passe entre les époux et Dieu… À moins que vous ne croyiez pas vraiment en Dieu, madame ?

– Je… Mais si, bien sûr, mais je…

– Ce n'est pas négociable, comme on dit de nos jours.

Catherine est verte – ce qui jure avec la myrtille de son ensemble. Elle murmure dans un souffle que c'est une véritable tragédie et qu'elle saura s'en souvenir. Le curé s'approche d'elle. La rougeur de ses traits s'accentue brutalement.

– Dois-je comprendre que vous me menacez ?

– Certainement pas !

– J'espère bien, madame. Car Dieu saura également s'en souvenir. Ainsi que ses ouailles dans tout le canton.

– Enfin je…

– Au fait. Qui se marie, madame ?

– Mais mon fils, voyons. Vous le savez bien !

– C'est ce qu'il me semblait, en effet. Ce n'est donc pas vous, madame.

Corentin se mord les lèvres et repère du coin des yeux Aline Dulong qui l'imite – ainsi que son futur époux. Catherine bat maladroitement en retraite. Yvan esquisse un geste en direction de son acolyte. Dehors. Ils seront mieux pour converser. Yvan avait eu le nez creux. Il n'avait pas sorti les caméras – il avait signalé à Catherine qu'il avait besoin de l'accord du curé et elle avait répondu avec dédain qu'elle en faisait son affaire. Sur le muret, face à l'église, Yvan et Corentin laissent le rire les gagner. Yvan secoue la tête – il se demande comment la nouvelle épouse va supporter ce fardeau. Corentin hausse les épaules. Il pense qu'elle saura affronter la furie – et même prendre sa place. Ce mariage, c'est le chant du cygne de la belle-mère.

Vin d'honneur.

Corentin transpire alors qu'il a tombé la veste. C'est sans doute le moment le plus épuisant de la journée – lorsqu'il faut circuler parmi les invités caméra au poing, se faire oublier, capter les rires, les bons mots, les éventuelles critiques, et tenter de restituer l'ambiance générale. Sur le montage final ne resteront que trois ou quatre minutes soigneusement sélectionnées pour ne froisser personne. Corentin a remarqué depuis quelque temps que les convives, qui ne leur jetaient auparavant que des regards dédaigneux, les considèrent aujourd'hui avec froideur. Chacun est désormais conscient qu'il suffit d'un rien pour se retrouver sur la Toile mondiale via les réseaux sociaux – tous se sont esclaffés au bureau devant des images de cérémonies gâchées par un tonton trop collant ou par des reparties dévastatrices. Ils ne voudraient pas être la prochaine risée du Net. Alors, quand les caméras s'approchent, le ton baisse, les allures se font plus empruntées et les sourires sonnent faux. Corentin se demande jusqu'à quand durera la mode des vidéastes – certainement pas assez longtemps pour qu'il prospère dans ce domaine. Il faudra s'inventer une nouvelle voie – comme tous ces coachs qui ont fleuri au milieu des années 2000 et qui, quelques années plus tard, pointaient au chômage parce que le marché était saturé et que les consommateurs paraissaient lassés. Corentin est pessimiste. Il fait partie de cette génération qui sait pertinemment qu'aujourd'hui chaque utilisateur de téléphone portable est un photographe, vidéaste et journaliste en puissance.

Aline Dulong lui sourit – un vrai sourire, large, chaleureux et non dénué d'ironie. Elle lui fait signe d'éteindre la caméra.

– Venez prendre un verre à l'intérieur. Vous êtes tout rouge. Je n'ai pas envie que vous mouriez d'une insolation le jour de mon mariage.

Il la suit dans la salle des fêtes dont les rideaux ont été tirés – la différence de température est sensible et Corentin ne peut s'empêcher de frissonner.

– Vous accepteriez de me filmer pendant quelques minutes ?

– Je n'arrête pas, Aline.

– Seule. Dans une pièce à l'écart.

– Comme au confessionnal ?

– Exactement. Je voudrais parler d'amour. Ah, flûte, je n'aurais pas dû employer ce mot-là, vous voilà écarlate, encore plus que sous le soleil dehors ! Ne vous inquiétez pas, ce n'est pas à vous que je pense, je ne vous connais pas et vous ne m'attirez pas. Je voudrais m'adresser à mon mari.

– Par caméra interposée ?

– Et par surprise.

Ils s'éclipsent. Aline Dulong, épouse Célesta, l'emmène dans un dédale de couloirs – Corentin ne s'était pas rendu compte à quel point le bâtiment incluant la salle des fêtes était vaste. Ils traversent une pièce qui croule sous les dessins et les jouets d'enfants, une cuisine où la vaisselle sale s'amoncelle. Aline s'arrête devant une porte bleue. Elle pose une main sur une étagère le long du mur, en retire une clé. Corentin pense à *Alice au pays des merveilles*. Il se demande s'ils vont grandir ou rapetisser, tous les deux.

La pièce est minuscule et les rideaux beiges sont tirés, occultant le soleil. Devant la fenêtre, se trouve un fauteuil en velours rouge, incongru dans le décor. Un accessoire de théâtre probablement. Des cartons empilés un peu partout révèlent des pans de costumes, des masques. Aline embrasse l'ensemble des yeux, sourit et murmure « voilà », puis elle ajoute « vous vous mettrez là », en indiquant le fond du cagibi. « Vous me direz quand vous serez prêt. » Et tandis que Corentin s'affaire, Aline semble s'épanouir, dans ce débarras exigu. La lumière tamisée l'enrobe. Elle luit dans le demi-soleil. Corentin est saisi par le tableau quand il vérifie l'agencement dans l'œilleton. Elle est ce qu'elle n'a jamais été jusqu'ici – magnifique. Corentin ne parvient pas à s'extraire de la contemplation. Aline fixe la caméra avec une telle intensité qu'il sent sa gorge s'assécher et son cœur s'accélérer. Quand il bredouille finalement que c'est bon, elle peut commencer quand elle le souhaite, sa voix est un mince filet d'eau au mois d'août.

En face, c'est une révélation.

Les mots lui viennent facilement. Lorsqu'elle a décidé de la forme que prendrait sa déclaration, elle a jeté des idées sur une feuille de papier qu'elle a roulée en boule après quelques minutes. Elle n'avait pas besoin de s'entraîner – elle savait ce qu'elle voulait dire. Alors, les yeux sur la caméra, elle parle. De tout ce qu'elle sait de son mari – sa gentillesse, son effacement, son ironie légère, que beaucoup ne perçoivent pas, parce qu'ils le jugent secondaire, falot, indigne d'intérêt. Ils ne se rendent pas compte de leur erreur. Elle, elle l'a immédiatement reconnu. Ils étaient à cette soirée d'anniversaire d'une amie commune, Mathilde. Une fille très exubérante, qui jetait des anathèmes et portait des avis définitifs sur tout. Leur hôtesse ne s'est jamais aperçue de la lueur moqueuse dans les yeux et les mots de Christophe. Christophe n'existait pas. Il avait été invité parce que c'était un ami du fiancé de Mathilde et que dans cette soirée « il fallait des garçons ». Aline se souvient du retour à pied, quand Christophe l'a raccompagnée. Personne ne s'était aperçu de leur disparition.

« On est comme ça, Christophe. On est ce type de couple là. Celui qui ne retient pas l'attention. Celui dont on se demande s'il est venu à la soirée ou pas. Mais tu sais quoi ? On les emmerde. On a trouvé tellement plus important. Il y a cette étincelle fragile entre nous qui fait que même la nuit, quand je te regarde dormir, j'ai envie de passer mon existence à tes côtés. On a découvert cette fluidité qui est si rare autour de nous. Le mieux, c'est qu'ils ne nous envient pas. Ils ne sont pas jaloux. Je crois même qu'ils nous prennent en pitié parce que nous ne sommes pas flamboyants, que nous ne nous consumons pas dans les plaisirs, que nous ne sommes pas des feux d'artifice qu'ils pourraient admirer. Et nous les laissons nous regarder avec commisération parce que ça n'a aucune importance, n'est-ce pas ? Discrètement, nous ferons le tour de notre monde, et nous irons plus loin qu'eux. Voilà. C'est ma déclaration. Nous sommes ensemble. À vie. Tu verras, les couples autour de nous se sépareront, se lanceront des bordées d'injures, se détesteront, se cicatriseront parfois – pas nous. Nous ne prenons pas ce chemin-là et je suis fière de t'avoir auprès de moi. J'ai envie. J'ai envie des années qui vont se succéder. J'ai envie de ton amour comme tu as envie du mien. Il faut que j'arrête maintenant, je pourrais encore te parler pendant des heures, mais il y a une fête là-bas et même si elle n'est pas à proprement parler la nôtre et si je préférerais passer la nuit avec toi seul, je crois que ce serait bien que j'y retourne. Surtout que tu y es, toi, et que tu dois te demander où je me suis envolée. J'arrive. Je t'aime. »

Les mots se sont dispersés dans l'air, le fauteuil en velours rouge est vide, Corentin a appuyé sur « pause », mais il ne parvient pas à se détacher de la caméra. Il se souvient qu'au lycée il aurait aimé interviewer ses amis – et les filmer tandis qu'ils parlaient. Il n'aurait posé qu'une ou deux questions pour les aider à commencer, mais ensuite il aurait laissé toute la place à leurs opinions, leurs doutes, leurs espoirs. C'est pour cette raison-là, au départ, qu'il s'est intéressé aux techniques de la réalisation et du montage. Pourtant il n'a jamais eu le courage de leur en parler – maintenant, ceux qu'il voulait fixer sur pellicule se sont éparpillés en France et même parfois plus loin. Ils ne donnent pas de nouvelles à part un statut crypté via les réseaux sociaux ou un message électronique d'anniversaire. Ils doivent utiliser leurs téléphones portables pour enregistrer le monde qui les entoure, les nouveaux liens qu'ils tissent, les villes dans lesquelles ils résident – une autre vie, tant d'autres vies. Ne reste de cette période-là qu'Alexandre, qu'il voit de moins en moins.

Corentin lâche l'œilleton et est obligé de s'asseoir sur le fauteuil vide tant sa tête tourne. Aline Célesta s'accroupit à côté de lui et lui tient la main. Ils ne prononcent pas un mot. Cela ne dure que quelques secondes. Ensuite, ils se lèvent tous les deux, elle le remercie, il ne peut pas lui avouer à quel point c'est à lui de lui rendre grâce.

Tout au long de la nuit, il repensera au cagibi et à la caméra qui tourne. Tandis que les couples commenceront à danser, que les quinquagénaires tourneront, rubiconds, et entameront des conversations politiques et sociales qui provoqueront des éclats, que Catherine, ayant revêtu une tenue proche de celle de sa belle-fille, se pavanera, s'assurant que les convives sont satisfaits et les serveurs polis, attentifs et rapides surtout. Catherine reine de la fête, qui ne sent même pas sur elle le regard de son fils et de son épouse – ce regard qui sous une apparence tendre se révèle sarcastique et irrévérencieux. Les nouveaux mariés, eux, ne se lâcheront pas la main, ensemble, toujours, l'un marquant son assentiment à la phrase prononcée par l'autre, l'autre touchant par moments l'annulaire de sa compagne pour bien s'assurer qu'ils sont unis, maintenant – qu'ils sont deux pour faire face à l'avenir et tracer leur chemin. Vers 3 heures du matin, il rangera le matériel avec un Yvan exténué qui lui demandera de prendre le volant. Il conduira sur les routes de campagne, il rejoindra la ville endormie, il tournera la clé dans la serrure, s'efforçant de ne pas faire de bruit, qui sait ? Aurore dort peut-être déjà, il préférerait que non, il aimerait l'attendre sur le canapé du salon, la voir revenir à son tour, lui sourire, elle porterait une main à son front, mais il ne lui laisserait pas le temps de prétexter la fatigue et d'aller se coucher, il faudrait qu'il lui dise, une vie ensemble, c'est possible, vraiment, on peut trouver des compromis. Et puis pourquoi garder ce minuscule appartement alors qu'ils sont en couple maintenant, elle pourrait déménager...

Sur la table de la cuisine, il y a un petit mot. Quelques phrases. Elle est désolée. Elle a réfléchi. Ce n'est plus possible entre eux. Elle a repris ses affaires. Elle lui souhaite le meilleur. Elle ne lui veut pas de mal. C'était une erreur. Ils n'ont plus l'âge d'en commettre.

Corentin ouvre la fenêtre. Les premiers oiseaux se réveillent déjà. Il frissonne. Il s'accoude à la balustrade du petit balcon. Il espère qu'un jour il sera Aline Dulong, épouse Célesta.

Alexandre, 22 juin

C'est une drôle d'idée, mais de toute façon tu es un drôle de type. Je me doutais que je serais le premier à accepter – quand tu as proposé ça au resto l'autre soir, on s'est tous regardés par en dessous genre « encore un projet farfelu ». Les autres étaient sceptiques, tu as bien entendu le silence qui a suivi, tu as vu comment Clara a savamment détourné la conversation. Tu ne peux pas demander ça aux gens, Corentin. Personne n'a envie de parler de son intimité devant une caméra, et encore moins devant un ami. C'est dangereux, tu vois. C'est comme un psychanalyste, mais au moins, chez un professionnel, tu es sûr que tu es protégé par le secret médical. Et là, en plus, il va en rester quelque chose, des images, des phrases, ça demande une confiance illimitée en l'autre et je ne suis pas sûr que qui que ce soit puisse faire confiance à ce point-là à un tiers. N'empêche que je suis là, bien sûr, mais je t'explique pourquoi je serai peut-être le seul. Je suis fier d'être le premier, je serais encore plus heureux d'être l'unique. Tu veux savoir pourquoi ? Parce que tu es mon meilleur ami, Corentin. Je te le dis en te fixant, même si je ne vois pas ton visage puisque tu es caché par la caméra. Tu es mon meilleur ami, cependant je ne suis pas certain d'être le tien. C'est sans doute l'un des drames de ma vie – mais ce n'est pas si grave quand on pense aux souffrances du reste du monde. Tu es mon meilleur ami mais nous ne passons presque plus de temps ensemble – tu es toujours ailleurs, jamais là le week-end, souvent fatigué. Tu m'envoies de rares SMS, tu laisses mes messages se diriger vers ta boîte vocale et tu n'y réponds pas tout de suite. Au téléphone, tu es laconique – j'imagine que tu ne fais pas grand cas de moi. Tant pis. Pourtant, nous nous épaulons depuis l'enfance, mine de rien. Nous étions dans les mêmes classes au collège et au lycée, nous avons suivi les mêmes options, c'est après le bac que nous avons bifurqué. Je vais sans doute déménager à Paris, ma boîte m'a parlé d'une promotion, passer de responsable de rayon à directeur de magasin, c'est le poste dont je rêve. Je vais m'installer dans un appartement minuscule et hors de prix avec Clara, la route s'ouvrira devant nous, nous saurons éviter les embûches, nous aurons des enfants, tout va bien se dérouler. Pourtant il me restera toujours une impression de ratage, parce que je n'ai pas su être ton meilleur ami – je ne sais pas qui est ton meilleur ami, d'ailleurs, je ne suis même pas sûr que tu en aies un, ni que tu aies aucun confident, aucune oreille à qui parler les nuits de détresse, c'est toi qui les places à distance, tu refuses de te laisser approcher, je ne comprends pas pourquoi –, alors tu vois, c'est cela que je suis venu te dire aujourd'hui, c'est pour ça que j'ai accepté de me ridiculiser devant ta caméra, pour te dire que je suis ton meilleur ami bien que tu ne t'en rendes pas compte et qu'à cause de ça nous manquons probablement quelque chose d'important, mais on ne va pas en mourir, n'est-ce pas ? Alors maintenant, la chose que je te demande, c'est de continuer à filmer même si je quitte le canapé, que je reprends mes affaires et que je m'en vais. Je n'ai pas envie de ton silence embarrassé ni d'aucune conversation triviale, je ne veux pas lire sur ton visage la surprise ou la réprobation, je ne souhaite pas entendre d'excuses bredouillées qui manquent de sincérité, tu continues simplement, l'œil sur le cadre, et moi j'en sors, du cadre. À bientôt peut-être.

29 juin

22 heures. Yvan et Corentin sont assis à une table de huit. Pendant le repas, ils filment peu – quelques plans de coupe, quelques zooms sur des personnes qui rient ou qui dansent, ce sera bien suffisant pour les vingt minutes qui resteront à la fin. L'enchaînement des scènes est toujours le même – la coiffure, l'habillage du marié, la mairie, l'échange des alliances, la photo de groupe (animée désormais), l'extérieur de l'église, le vin d'honneur et quelques secondes sur la suite des événements. Le tout emballé dans une musique sentimentale – Coldplay par exemple, une référence incontournable ces derniers temps – et des chansons anglaises qui parlent souvent d'amours contrariées, de tromperies et de déprime. Corentin se demande parfois ce

que choisissent les Anglo-Saxons pour illustrer leurs propres mariages – il pourrait aller vérifier sur Internet mais n'en a pas le courage. Le repas de ce soir est aussi bon et aussi insipide que les précédents – il n'y a d'ailleurs qu'un nombre réduit de traiteurs dans le département, de même qu'il n'y a qu'un nombre réduit de vidéastes. Tout à l'heure, Corentin a retrouvé Marion, qui était avec lui en anglais, en première littéraire. Elle galère un peu en ce moment, de stage en stage, alors elle survit grâce aux extras qu'elle effectue le week-end en tant que serveuse, mariages, communions, baptêmes. Elle songe d'ailleurs à se réorienter, parce qu'il y a de la place dans l'hôtellerie et la restauration. Si elle avait su, elle ne se serait pas embêtée à passer un bac général, qu'est-ce que ça lui a apporté de plus ?

– De me rencontrer, glisse Corentin.

Marion a ri, lui a donné une tape sur l'épaule et a agrémenté son geste d'un « tu parles d'un cadeau ! » qui a vexé Corentin malgré l'intention humoristique affichée.

– Qu'est-ce que ça veut dire ?

– T'es sympa, Corentin, mais tu n'es pas le centre de ma vie.

– C'est bien ça le problème, je ne suis le centre de la vie de personne.

– Arrête, tu vas me faire pleurer !

– J'en ai bien l'intention.

– Non, ton souci, c'est que tu es dragueur.

– Quoi ?

– Attends, tu es bien conscient de ta réputation, non ? Tu enchaînes les histoires, aucune ne semble avoir plus d'importance que la précédente, ça dure trois, quatre mois, et puis c'est fini. Tu n'es pas assez intéressé, Corentin.

– Mais d'où tu tiens ça, toi ?

– La ville est petite. Des soirées sont organisées entre filles, parfois. Elles papotent.

– C'est totalement faux. Je ne rêve que de me sentir bien avec quelqu'un, d'être heureux de retrouver cette personne chaque soir et chaque matin, de fonder une famille, de…

– De ça ?

Marion a montré l'assemblée bruyante, la douzaine de tables de convives qui discutent, s'échauffent, répètent des chansons grivoises qu'ils reprendront en chœur tout à l'heure. Corentin a froncé les sourcils.

– À mon mariage, il n'y aura pas tout ce cinéma. On se retrouvera dans une salle, chacun apportera sa spécialité, chacun s'assiéra où il voudra, les amis disc-jockeys se relaieront et on passera notre temps à danser.

– Ce n'est pas un mariage que tu décris, Corentin. C'est juste une fête. Un mariage, ça doit faire plaisir aux deux familles, pas obligatoirement aux mariés.

– C'est une hérésie.

Marion a ri de nouveau. Elle a pincé le bras de Corentin. Elle a ajouté que c'était sans doute pour comprendre des mots comme « hérésie » qu'elle avait passé un bac général, et puis elle est partie. Elle n'avait pas le droit à plus de dix minutes de pause.

Laurence Martin et Laurent Martin. Ce sont eux qui se marient aujourd'hui. Ils répètent à qui veut l'entendre qu'ils étaient faits pour se rencontrer puisque leurs patronymes étaient semblables et qu'elle ne changera même pas de nom en convolant en justes noces. Ils utilisent des expressions comme « convoler en justes noces » ou « une bringue d'enfer ». Corentin et Yvan ont décidé cette fois de suivre à deux le maquillage-coiffage-habillage de Madame, puis la préparation de son futur époux. Madame était surexcitée et hurlait de rire dès que quelqu'un ouvrait la bouche. Monsieur était tout aussi hilare. Ils le sont toujours, même si le passage devant le maire – qui cet après-midi déclarait des unions à la chaîne – a été des plus laborieux, et que la cérémonie religieuse a traîné en longueur. Le prêtre, cette fois, a accepté les vidéastes – il semblait charmé que son visage et sa voix restent gravés dans les souvenirs des Martin et de leurs invités. Il s'est même permis un clin d'œil à la caméra après l'échange des alliances. Corentin soupire et se dit que ces deux-là sont sans doute heureux et que, comme le veut l'adage, ils n'ont donc pas d'histoire. Ils n'ont aucune aspérité non plus.

Corentin essaie de dissiper la mauvaise humeur qu'il affiche depuis son réveil. Il est conscient de noircir le tableau nuptial simplement parce qu'il traîne une déprime carabinée depuis qu'Aurore est partie. Il sait pertinemment que c'est compliqué de s'intéresser au bonheur des autres quand on se sent flotter en marge de l'existence. De plus, Corentin est épuisé. Hier soir, il a dérogé à la règle et s'est rendu à une soirée chez des amis de longue date, qui avaient convié d'autres amis de longue date – et tous ces amis de longue date étaient en couple et avaient parlé avec animation de leurs projets de vacances, voire de leurs plans quinquennaux – enfants, acquisition de biens, découverte de l'ouest des États-Unis en camping-car, ascension sociale, concours. Ils riaient aussi facilement que M. et Mme Martin. Ce fut une très belle soirée. Lorsqu'il est rentré à 2 heures du matin, Corentin n'a pas réussi à trouver le sommeil. Il a joué avec la télécommande de la télévision et zappé sur des chaînes improbables jusqu'à ce que le soleil se lève. Il a pris une douche, un petit déjeuner et s'est rendu chez les héros du jour, qui habitent ensemble depuis trois ans déjà – une petite maison à quelques kilomètres de la ville. Pour une fois, il n'y avait presque pas de route à faire. Pour une fois, Corentin l'a regretté.

– En fait, nous sommes la table des exclus.

Corentin se tourne vers le jeune homme qui vient de prononcer cette phrase. Une trentaine d'années, des cheveux en brosse et un visage qui évoque instantanément le rongeur.

– C'est-à-dire ?

– Eh bien, vous voyez, quoi ! Ceux qu'on est obligé d'inviter mais qu'on voudrait pouvoir oublier. Les deux tantes lesbiennes – pardon, mesdames, si je m'égare ; le couple religieusement incorrect – Imad, vous êtes bien aussi musulman que votre nom l'indique, non ? ; la jeune fille tellement mal dans sa peau que sa sudation devient gênante, ou l'inverse – désolé, Marina, mais je ne fais qu'exprimer à haute voix ce que tout le monde pense ; et le garçon au physique improbable, croisement raté entre une musaraigne et un rat musqué. Plus les deux employés du jour qu'on ne voudrait tout de même pas intégrer à la famille.

Le silence qui suit glace l'atmosphère jusqu'à ce que la dénommée Marina se mette à rire – un petit rire presque à sec qui prend peu à peu de l'ampleur jusqu'à devenir un torrent impétueux, un rire si contagieux qu'il gagne finalement la tablée entière. Les conversations, qui n'avaient pas décollé depuis le début du repas, fusent soudain de tous les coins de la table. On précise : non, les deux tantes ne sont pas homosexuelles, enfin, elles ne sont pas que ça, oui Imad est musulman mais il consomme quand même de l'alcool quand personne de sa famille ou de son entourage ne le voit, et il a aussi dans sa musette un peu d'herbe si quelqu'un est intéressé. Nouvelle pause. Valse des regards. Sourires. Et pourquoi pas ? La table numéro 12 – celle qui est au fond à gauche, oui, avec les deux vidéastes, se lève dans un bel ensemble et sort prendre l'air. Leur soudaine disparition provoque une commotion dans l'assistance. Ils s'en moquent. Ils sont dehors. Ils partagent le cône roulé par Sophie, la compagne d'Imad, qui confectionne les joints beaucoup mieux que son homme.

Cela menace de tourner au scandale. Mme Martin prend Yvan à part pour lui reprocher de s'être joint à la sécession – elle prévient qu'elle pourrait se servir de cette incartade pour ne pas régler la note ou demander une substantielle réduction. Yvan répond que dans ce cas ils peuvent aussi remballer leur matériel et refuser de livrer les films. Mme Martin ajoute qu'il lui sera très facile de pourrir la réputation de la petite entreprise, elle a le bras long et de l'entregent. Yvan soupire et lui propose d'essayer – elle peut aussi le dénoncer à la police, à la justice, et à qui bon lui semblera. M. Martin intervient et parvient à amadouer sa femme – cela n'est pas si grave, la soirée se passe très bien, il ne doute pas qu'Yvan et Corentin fassent du bon travail, allons, détendons-nous. Tout rentre dans l'ordre, mais les convives de la table 12 ne réintègrent pas la salle – à part Yvan, qui décide de refaire quelques plans, pour calmer le courroux de Madame. M. Martin s'attarde dehors – il demande si par hasard il n'en resterait pas un peu, de l'herbe, cela fait des mois qu'il n'a pas fumé, depuis qu'il a rencontré sa femme, elle déteste ça, les paradis artificiels, elle mélange tout d'ailleurs, elle confond drogue douce et dure, fumeur occasionnel et défoncé chronique, enfin bref.

Un ange passe au-dessus du petit groupe tandis que Laurent Martin tire sur le nouveau cône que Sophie vient de confectionner. Laurent Martin exhale et lâche entre deux toux sèches qu'il ne faudrait pas croire, il adore sa femme, c'est pour ça qu'il l'a épousée.

– Et vous, comment vous appelez-vous déjà ? Corentin, non ? Vous êtes marié ?

– Non, pas encore.

– Mais vous l'envisagez ?

– Il faudrait encore que quelqu'un m'envisage.

– Je suis sûr que des tas de filles vous tournent autour !

– Elles tournent mais ne s'arrêtent pas. Personne n'a envie de vivre avec quelqu'un qui travaille le samedi soir et le dimanche.

– Alors, changez de métier !

– J'y songe. Mais c'est compliqué.

– Dans l'idéal, vous voudriez exercer quel emploi ?

– Réalisateur. Je sais, c'est idiot.

– Disons que ce n'est pas le plus simple.

– Et vous ? Vous êtes aux impôts, n'est-ce pas ?

– Pour le moment oui, mais j'en ai fait le tour – je prépare des concours.

– Pour faire quoi ?

– Flic.

– Pardon ?

– Poisson d'avril. Non. Je voudrais être conseiller d'orientation.

Marina est prise d'une nouvelle crise d'hilarité tandis que Laurent Martin répète : « Quoi ? Quoi ? Qu'est-ce que j'ai dit ? » La contagion gagne de nouveau. Corentin pose sa main sur l'épaule du Rongeur – c'est une belle soirée, finalement. Le Rongeur sourit – il dit que c'est le charme des mariages : parfois on se retrouve en face de gens qu'on ne connaît ni d'Ève ni d'Adam, et la mayonnaise prend – on pourrait même devenir amis.

– Bon, alors, il paraît que vous avez colonisé la pièce qui jouxte la cuisine et que vous l'avez transformée en, comment dit-on dans les émissions de téléréalité, *confessionnal*, c'est ça ? L'idée, c'est d'aller témoigner sur les mariés et de leur souhaiter tout le bonheur du monde ?

– En gros, oui.

– D'accord, j'y vais. Mais pas seul. Les tantes lesbiennes, vous êtes partantes ? On se fait un plan à trois ?

– Nous n'avons pas grand-chose à dire !

– Moi, si. Mais j'imagine que ce sera coupé au montage. Laurence n'aimerait pas du tout que je lui rappelle qu'elle a été ma première expérience sexuelle. Coucher avec moi, c'est presque de la zoophilie.

Corentin est en train de ranger les rails de travelling – une affaire difficile à 3 heures du matin, d'autant que, contrairement à son habitude, il s'est laissé emporter par la fête, qu'il est épuisé, à moitié soûl et que les restes de l'herbe d'Imad flottent encore dans les replis de son cerveau. Les trois quarts des invités sont repartis, Yvan aussi –

avec une migraine atroce, apparemment. Surgit Laurent Martin. Ses pas crissent sur le gravier.

– Ne nous quittez pas déjà !

– Désolé, mais il faut que je rentre.

– On vous attend ?

– Mon lit, oui.

– On fait un tour en voiture ?

– Pardon ?

– Écoutez, ne craignez rien, je ne suis pas en train de vous draguer. J'ai simplement envie de rouler un peu avec les vitres baissées, de l'air, la nuit… j'ai trop consommé d'alcool pour prendre le volant moi-même.

– Je ne suis pas plus sobre.

– Oh si. Vous ne pouvez pas imaginer ! Juste quelques kilomètres en rase campagne. Histoire de fixer cette soirée-là. Histoire de comprendre ce qui m'arrive.

– Vous devez aller retrouver votre femme.

– J'ai toute ma vie pour l'accompagner.

– Dans ce cas, allons plutôt faire un tour à pied.

C'est ainsi que Corentin et Laurent Martin se retrouvent dans les rues désertes du village, puis sur la route départementale qui s'enfonce dans les forêts. Pendant quelques minutes, Laurent ne prononce pas une parole. Corentin le surveille du coin de l'œil, mais la nuit englobe la terre et le visage du jeune marié est indéchiffrable. Quand Laurent commence à parler, son débit est saccadé et presque agressif. Il demande si la soirée a plu à Corentin, qui sourit et répond que son avis n'est pas intéressant, qu'il est là pour photographier, pas pour s'amuser – mais oui, il a passé un excellent moment, finalement. Laurent murmure que tant mieux, tant mieux, se frotte les mains sur les cuisses et ajoute que ce sera un bon souvenir pour tout le monde, c'est important, c'est décisif. Il répète cet adjectif-là, « décisif », qui résonne dans la campagne déserte. Corentin finit par s'arrêter juste avant le pont de la Seine. Ils ne vont pas rentrer en ville à pied, tout de même ! Il demande à Laurent ce qui se passe exactement. Laurent hausse les épaules.

– Tout le monde a insisté. C'est bizarre, un mariage. C'est comme une tempête. La tempête Laurence. À peine a-t-on donné son assentiment qu'on est pris dans une sorte de tourbillon où il est question de costumes, de salle, de photographes, de nombre d'invités, de couleur de serviettes, on se laisse porter en tentant de respirer, on surnage, et puis on s'aperçoit que, en fin de compte, les autres, les parents, les beaux-parents, les cousins, les grands-mères, ils se moquent bien de ce qu'on peut croire ou de ce dont on peut avoir envie, et le pire c'est que votre future épouse est complice de ce mouvement, elle le précède même, elle le dirige et elle vous oublie. Alors, à un moment donné, vous prenez la tangente, vous faussez compagnie, on le remarque à peine, et vous prenez une autre direction, voilà, j'ai pris une autre direction.

– Vous êtes amoureux de quelqu'un d'autre ?

– Je m'en vais.

– Pardon ?

– Je n'en peux plus. J'imagine que pendant les mois à venir nous ne parlerons plus que du mariage, de la cérémonie, de la fête, de qui a fait quoi, de ces pauvres imbéciles de la table 12 qui étaient complètement stones, et ensuite on se penchera sur la question des enfants, enfin, on a déjà commencé, mais pour l'instant, Dieu merci, la sauce ne prend pas, et puis comme ça jusqu'à la fin de notre existence, toujours l'esprit occupé par l'autre, les désirs de l'autre, les envies de l'autre, les décisions de l'autre.

– C'est la base d'un couple, Laurent.

– Je sais. Et ce sera peut-être ma base, plus tard. Mais pas avec elle. Et pas maintenant. J'ai mis de l'argent de côté. Je pars. Bombay. Dans quatre jours. En Inde, il y a beaucoup de monde. On ne me retrouvera pas tout de suite.

– Et vous n'auriez pas pu vous décider avant ? C'est ignoble ce que vous allez lui faire subir ! Je trouve ça révoltant. Et pourtant Dieu sait si je n'ai pas d'atomes crochus avec votre femme ! Vous ne pouviez pas, il y a deux semaines ou même trois jours, la prendre à part et lui dire « on arrête tout ? ».

– Mais elle semblait tellement contente ! Et puis elle était prise dans une telle frénésie.

– Je ne vous comprends pas, c'est inutile d'essayer de me convaincre.

– Eh bien… Moi qui pensais être encouragé !

– Vous vous êtes trompé de personne, Laurent. Jamais je ne pourrais vous soutenir dans ce que vous allez entreprendre. Je trouve que c'est immature et d'un égoïsme ahurissant. Nous ne nous reverrons sûrement pas. Vous traiterez avec Yvan pour le règlement. Bonne fin de noces.

Corentin s'en va. Il voudrait avoir l'air digne et offusqué, mais sur une route de campagne en pleine nuit, c'est peine perdue parce qu'il n'y a pas de spectateurs et surtout parce que ce n'est pas simple de relever la tête et de regarder droit devant soi – on risque à chaque pas de trébucher.

Corentin est en ébullition lorsqu'il retrouve les rues du village. Comment expliquer à cet abruti de Laurent Martin qu'il ne pouvait tomber plus mal en le choisissant comme confident. Corentin pense à sa mère, maintenant. Il a su par indiscrétion ce qui lui est arrivé, il y a trente-deux ans. Il ne sait même pas comment elle a pu s'en relever.

Le jour de son mariage, le futur époux n'est pas venu à la mairie. Il a mandaté son témoin pour expliquer que finalement, non, avec tous ses regrets, il avait demandé sa mutation pour les États-Unis et il ne voyait pas comment ma mère pourrait l'y suivre. Il n'en avait pas envie d'ailleurs.

C'est la grand-mère de Corentin qui lui en a parlé, une fois, avant de mourir. Il devait avoir seize ans. Elle voulait lui recommander de bien veiller sur sa mère, de s'assurer qu'elle allait bien et qu'elle était raisonnablement heureuse – c'est l'expression qu'elle a utilisée, « raisonnablement heureuse » –, et elle lui a raconté son histoire. Corentin s'était promis, suite à cette révélation, d'aller trouver l'ingrat et de lui flanquer son poing en pleine figure. Mais personne n'avait plus jamais eu de nouvelles, ou alors les gens contactés se gardaient bien d'en donner et puis, tout était très complexe : sans cette péripétie, les parents de Corentin ne se seraient jamais rencontrés.

Corentin sait tout ça, bien sûr – mais il ne peut s'empêcher de considérer avec pitié le couple que forment ses parents, un duo silencieux, calme, riant rarement, ne s'énervant jamais, à l'affection peu démonstrative l'un envers l'autre. Il a entendu Yvan raconter que son père était tombé amoureux de sa mère dans un night-club un samedi soir. Il est facile d'imaginer que sa mère s'était sentie humiliée, jetée à terre et désabusée après la rupture des bans, et qu'elle s'était laissé séduire, pourquoi pas, après tout, il fallait bien continuer à vivre. Corentin aimerait bien parfois arracher des rires ou des larmes à sa mère, autre chose que cette nervosité inquiète et ce pessimisme permanent – mais il est conscient qu'il est bien trop tard, désormais. Il a vingt-sept ans, il est indépendant depuis presque six ans. Le temps des confidences est passé.

Cette nuit-là, Corentin rêve de Laurent Martin. Il a finalement décidé de rester avec sa femme. Elle ne sera jamais au courant de ses velléités de départ. Et il est amer, Laurent Martin. Il se résigne à continuer sa carrière aux impôts – il ne se voit pas réorienter les autres alors qu'il a lui-même renoncé à bifurquer. Ses mâchoires restent contractées toute la journée. Il serre les dents. De temps à autre, un rictus – le sarcasme à l'œuvre. Il commence à détester le reste du monde, Laurent Martin, puisque le reste du monde a l'air de s'amuser dans un grand parc d'attractions dont il a été exclu. Il commence par ce qui est le plus facile, bien sûr – ceux qui ont des faiblesses, ceux qui sont en position de demandeurs. Il s'acharne sur les faciès ou sur les orientations sexuelles différentes. Il entre en politique – on lui prédit un bel avenir.

Corentin se réveille en sursaut.

Il est 3 heures du matin. Il envoie un SMS à Laurent Martin. Il écrit qu'il est vraiment navré d'avoir mal réagi. Il n'a aucune idée de ce qu'il faudrait ou ne faudrait pas faire. Il lui souhaite beaucoup de bonheur, d'une façon ou d'une autre.

Pascale, 3 juillet

Mine de rien, je suis flattée que tu m'aies demandé de participer à ton expérience, c'est comme ça que j'aime me représenter ce que tu es en train de faire, une expérience, une expérimentation comme il y a des films expérimentaux. Tu ne t'en souviens sûrement plus, mais un soir tu m'en avais parlé, de cette envie de filmer les gens, tu devais être au lycée, tu étais rouge d'excitation, je ne t'avais jamais vu aussi animé, tu n'es pas ce genre de garçon là, et, tu vois, je m'étais dit que tu devrais en faire ton métier, même si le chemin était semé d'embûches, même si tout le monde allait essayer de te décourager, même si, même si, même si. Et puis finalement non, tu es entré en affaires avec ton parrain, c'est quand même curieux, la vie, hein ? Et maintenant tu as vingt-sept, vingt-huit ans, c'est un peu tard pour commencer à étudier sérieusement le cinéma, rencontrer des gens, monter à Paris, traverser des années de vaches maigres, multiplier les contacts, non ? À ton âge, on est davantage à la recherche d'une fiancée pour former un couple stable et envisager d'avoir des enfants ensuite. Mais toi, là-dessus, ça n'a pas l'air d'être Byzance. Oh, ça, des petites amies tu en as, mais toujours est-il qu'au bout d'un moment elles s'en vont, elles te plaquent. Sûrement que tu n'es pas assez gentil avec elles, ou alors qu'elles ne se sentent pas assez en sécurité avec toi. Enfin, je ne vais pas te jeter la pierre, les chiens ne font pas des chats.

[Soupir – cinquante-six secondes de silence.]

Tu as vu, je ne pars pas. Je pourrais, hein. Surtout que je ne m'adresse pas à la caméra. Mais tu es là, tu me regardes et je trouve ça important que tu me regardes. Je pense qu'en général les enfants ne regardent pas assez leurs parents. Ils les prennent pour argent comptant, enfin, je veux dire que leurs parents font partie intégrante de leur vie – ils n'imaginent même pas qu'un jour ils la quitteront, cette vie, pourtant, plus le temps passe et plus l'échéance approche. Je la sens, moi, la mort, de temps à autre. Je ne sais pas comment j'aimerais mourir – tout le monde préférerait décéder dans son lit, tranquille, au milieu d'un rêve, mais moi, je ne crois pas. Je pense que je préférerais une mort violente, par exemple une chute sur la voie au moment où un train arrive, tu n'as pas le temps de comprendre ce qui t'arrive. Enfin, pourquoi est-ce que je parle de ça, moi ? Pourquoi est-ce que je tourne autour du pot ? Je sais bien pourquoi tu m'as demandé de venir. Tu me l'as expliqué. Tu voudrais que j'évoque mon premier mariage, enfin, celui qui n'a pas eu lieu. Mais tu sais, Corentin, il n'y a rien à raconter. J'imagine que tu en as construit toute une histoire, que tu y ajoutes des décors, des costumes, des acteurs, que tu transformes la réalité en projection sur écran, mais je t'assure, c'était beaucoup plus sobre et sec que ce que tu crois. Aucune cérémonie n'était prévue à l'église, et il y avait très peu d'invités, aucun de son côté, puisqu'il n'avait pas de famille directe – et puis, nous n'avions pas d'argent de toute façon. Mes parents, quelques oncles et tantes, les témoins, une poignée de collègues, c'était à peu près tout. Donc, tu vois, ce n'est pas la honte qui m'a consumée quand on a été forcé d'annuler. C'est la tristesse surtout. J'ai toujours trouvé que c'était un beau gâchis, parce que nous nous entendions bien, lui et moi. Nous aurions vraiment pu former un couple tendre et amusant, un de ces couples qui attirent les regards et qui reçoivent chez eux tous les samedis. Oui, je sais ce que tu penses et tu n'as pas tort – ce n'est pas le genre de couple que j'ai formé avec ton père, mais finalement, tu vois, ton père, ce n'est peut-être pas celui dont je rêvais, néanmoins c'est sans doute celui qu'il me fallait. Il y a un moment où on réalise que ce qu'il nous faut pour vivre bien, en harmonie, en douceur et longtemps, ce n'est pas ce qu'on a toujours cherché : le cœur qui s'emballe, les muscles qui tirent, les larmes au bord des lèvres. C'est peut-être ça, ton problème, aussi – tu n'as pas encore trouvé quel genre de femme te correspond, alors tu ne peux pas la chercher. Et puis le temps passe. Je vais te dire, je l'ai revu, Christian, oui, il s'appelait Christian. Parfaitement. Il y a deux ans. Il m'a contactée sur Internet, un site qui met en relation les anciens amis, un réseau social de vieux, si tu veux. Je suis allée boire un café avec lui à Paris. Parfaitement, oui. Un jour, j'ai prétendu que j'allais travailler mais j'avais pris un congé et j'ai passé la journée dans la capitale – c'était bien, on était au mois de mai, il faisait beau, je me suis dit qu'il fallait que je m'organise plus souvent des escapades comme celle-là, j'aime bien Paris, j'aime bien disparaître dans la foule. Enfin, toujours est-il que j'ai retrouvé mon fameux Christian dans un restaurant près de Saint-Lazare. Eh bien, figure-toi qu'il était hideux. Parfaitement. Gros, gras, il avait pris au moins trente kilos, je n'en revenais pas. J'ai même eu envie de rire tellement il était loin du portrait que je m'étais brossé de lui. Et puis geignard. Incroyable. Il se plaignait de tout, de son travail à la SNCF, de ses enfants ingrats, de sa femme qu'il n'aimait plus, de ses parents qui devenaient gâteux – c'est à peine s'il m'a demandé comment j'allais, moi. Deux heures à me déballer sa vie en long en large et en travers, je n'en pouvais plus. Alors, quand il a essayé de m'embrasser – oui, oui, parfaitement, il a collé son gros corps contre le mien en sortant du café, j'ai cru que j'allais étouffer –, je l'ai gentiment repoussé, j'ai répondu que je n'étais pas venue pour ça, que ma vie me convenait très bien, que je n'avais aucun regret, et que rester en plan à la mairie ce jour-là était sans doute la meilleure chose qui me soit arrivée, il en a été soufflé. Il croyait que j'étais aussi frustrée que lui, je ne sais pas quel cinéma il s'était fait dans sa tête, une comédie romantique pour quinquagénaires. Le café n'était qu'un prétexte pour la reprise de relations sexuelles, une aventure, main dans la main, yeux dans les yeux, des déclarations et puis oh, la jeunesse qui revient. Je me souviens que je lui ai tapoté le bras en l'assurant que ce n'était sans doute qu'une mauvaise passe pour lui et que tout irait bientôt mieux et j'ai filé. Sur le boulevard Haussmann, je me suis sentie légère, tu ne peux pas t'imaginer, j'ai décidé de remonter vers la gare de l'Est à pied, je me suis perdue, mais je souriais à tout va, j'étais heureuse, tellement heureuse. Voilà. J'imagine ta déception, tu souhaitais du drame, un malheur digne – il y en a eu, oui, au début, mais je ne reviendrai pas dessus, jamais, je n'ai plus envie de me pencher sur cette période-là, et puis il faut relativiser, personne n'est mort et tant que personne ne meurt, la vie continue, tu comprends, la seule douleur, la vraie, celle qui te brûle, celle qui t'assèche, c'est quand l'autre disparaît, que tu te rends compte que tu ne pourras plus jamais le voir, le toucher, ni le rencontrer dans un café de la capitale un après-midi et constater les dégâts infligés par le temps. J'ai terminé, Corentin. Tu sais, ce que je souhaiterais vraiment pour toi, désormais, c'est que tu quittes ta position d'observateur. C'est trop facile. C'est trop confortable. Tu dois revenir de ce côté-ci de la scène. Tu as assez regardé, maintenant.

13 juillet

La tension est palpable.

Corentin s'affaire. Il vérifie les branchements, multiplie les prises de vues. Yvan est de l'autre côté de la salle des mariages. Il jette des coups d'œil au-dehors. À l'intérieur, une centaine de personnes, nerveuses mais déterminées. Devant la grande Sidonie Coiroux, la benjamine des adjoints au maire. C'est elle qui présidera à l'union, étant donné que le premier magistrat de la commune a refusé, en hurlant que, lui vivant, jamais ne serait célébré dans sa mairie un mariage de pédés ou de gouines.

Fanny et Lise ne se sont pas démontées. Elles sont restées impassibles et lui ont signifié leur volonté de faire remonter cette intéressante information aux plus hauts postes de l'État. Le maire a frisé l'apoplexie.

Il était à deux doigts de les frapper mais il a dû se rappeler le vieil adage qui stipule qu'on ne bouscule pas les femmes. Plus sûrement a dû lui revenir à l'esprit le fait qu'il avait dépassé la soixantaine, que les filles en avaient trente et que Fanny, sous ses allures frêles, avait remporté le championnat régional de karaté quelques années auparavant. Il avait néanmoins appelé du renfort pour qu'on lui ôte de la vue ce couple contre nature.

Fanny et Lise avaient tenu parole. L'anecdote s'était retrouvée en première page du journal local, avait intéressé un reporter parisien, en plein débat sur le droit au mariage des homosexuels. Une équipe de télévision avait été dépêchée pour une enquête. Le maire avait refusé de la recevoir. Petit à petit, l'affaire était devenue emblématique.

Corentin et Yvan sont un peu dépassés. Fanny et Lise ont été très claires. Elles ne pensaient pas, au début, avoir recours aux talents du duo vidéaste. Elles ne souhaitaient que des photos – naturelles, sans pose, à part le cliché traditionnel sur les marches de la mairie. Elles ont choisi Yvan parce que Fanny, qui travaille dans une agence immobilière, a apprécié le travail qu'il a effectué sur les nouvelles résidences basse consommation. Yvan n'avait fait aucun commentaire – hétérosexuel ou homosexuel, un mariage restait un mariage, c'est-à-dire du travail, et en fin de compte, de l'argent. Il n'avait pas d'opinion sur ce débat de société. Il considérait que la vie privée doit rester ce qu'elle s'efforce d'être – privée. Aucune commune, région ou État n'a à légiférer sur l'intimité de ses citoyens. Corentin trouve avant tout la situation amusante. Au moins, l'union sera différente et tout changement dans la routine est le bienvenu. Il pourrait, en outre, raconter la cérémonie lors de dîners entre amis, ce qui aura l'avantage de lancer les conversations sur autre chose que son célibat et ses perspectives d'avenir.

Quand l'affaire avait pris une tournure nationale, Yvan et Corentin avaient pensé être destitués au profit de photographes plus renommés, dépêchés de Paris intramuros pour tout à la fois défendre les droits des minorités et ajouter une touche éthique à leur métier. Certains d'ailleurs s'étaient fait connaître et avaient proposé leurs services à prix cassés. Fanny et Lise n'avaient pas donné suite. Par contre, elles avaient changé leur fusil d'épaule et demandé à Corentin et Yvan de filmer également la journée. Il s'agissait de couper l'herbe sous le pied de reporters indélicats et avant tout de témoigner – et si jamais il y avait du grabuge, les images tournées par les deux compères pourraient se révéler fort utiles, pour intenter un procès, par exemple. Corentin avait senti ses entrailles se nouer à l'évocation de la justice, mais le léger tremblement de ses mains trahissait aussi une véritable excitation.

Ils avaient beaucoup ri dans la matinée. Les filles avaient décidé de se préparer ensemble et de porter toutes deux des robes de mariée. Ils s'étaient tous les quatre rendus dans un salon de coiffure réservé pour l'occasion. L'ambiance était légère. Elles avaient tenu l'une et l'autre à se confier à la caméra, dans la salle normalement dédiée au personnel. Elles avaient séparément parlé de leur rencontre et de ce coup de foudre qui les avait presque paralysées. Lise venait s'établir en ville suite à une mutation professionnelle et Fanny avait été désignée pour lui faire visiter des appartements. Fanny avait eu beaucoup de mal à se concentrer sur sa tâche tant elle était tombée sous le charme de Lise. Elle n'avait jamais connu cela auparavant – les jambes en coton, la gorge sèche, des picotements le long de la colonne vertébrale. Elle se demandait si Lise partageait son trouble, si elle était strictement hétérosexuelle ou si elle se laissait aller à des écarts, parfois – elle cherchait désespérément comment la retenir ou la revoir. Elle était tellement troublée qu'elle avait fini par choir dans l'escalier et casser le talon de sa chaussure gauche alors qu'elles venaient de visiter un logement qui avait de nombreux atouts et semblait séduire sa cliente potentielle. Il y avait eu un moment de confusion. Fanny s'était appuyée sur l'épaule de Lise tout en rougissant et en se répandant en excuses. Lise avait tenu à payer la réparation de l'escarpin et à s'assurer que

Fanny ne garderait aucune séquelle de sa chute. Elle avait aussi insisté pour inviter l'agente immobilière au restaurant. Fanny avait bu plus que de raison, s'était trouvée insupportable de rire à tout et à n'importe quoi – une vraie caricature de la cruche sous influence.

La suite avait été une évidence. Fanny avait répété ce mot-là, « une évidence », et elle avait regardé la caméra de Corentin avec un sourire rêveur. Corentin avait pensé fugitivement à Aline Dulong. Il avait aussi ressenti la morsure de la jalousie, dans le cou. Il n'aurait pas fallu qu'on le filme, à ce moment-là.

Les ennuis avaient commencé juste après – alors qu'elles sortaient du salon de coiffure. Un jeune homme était passé et avait craché à leurs pieds. Elles en auraient ri s'il ne s'était pas planté devant elles pour les traiter de salopes, de goudous et de putes, en espérant qu'elles brûleraient en enfer. Fanny aurait réagi si elle n'avait pas eu peur pour sa nouvelle coupe de cheveux et pour sa robe. Elle en tremblait encore quand ils avaient repris la route de la maison. Lise avait soupiré plusieurs fois.

– Ils s'en prendront peut-être à nous.

– Ils n'auront pas le courage.

– Indirectement. À la maison. À la voiture. Nous allons vivre dans l'insécurité.

– Nous en avons déjà parlé. Nous sommes prêtes.

– Toi, plus que moi.

– Si tout cela devient insupportable, nous déménagerons. Mais tu verras, cela va se tasser.

– C'est quand ça se calmera qu'ils frapperont. Au moment où plus personne ne pensera à nous.

– Calme-toi.

– Nous pourrions aller à Paris. Nous n'aurions aucun problème à Paris.

– Et nous triompherions sans gloire.

– Je m'en fous de la gloire.

– Je sais.

La main de Fanny sur la joue de Lise. Le baiser de Fanny sur l'épaule de Lise. Il y a tout dans l'appareil de Corentin. Il y a tout dans sa mémoire, également. Il échafaude un projet de reportage – le mariage gay et lesbien en province, avant, pendant, après.

Il est encore en train d'y penser quand l'adjointe au maire prononce l'union des deux femmes et que les invités se mettent à applaudir, à siffler, à hurler tandis que Fanny et Lise s'autorisent enfin à sourire. C'est fait, on pourra leur enlever beaucoup de choses, on ne leur retirera pas ce moment-là.

Elles sortent sur le perron de la mairie. De très nombreux curieux se sont amassés. Certains espèrent que des célébrités emblématiques de la lutte pour les droits des homosexuels auront fait le déplacement et tendent le cou pour les apercevoir. D'autres sont là en toute hostilité. Les bras croisés, la mine sombre – Corentin sent la sueur qui descend le long de son dos et des fourmis dans ses mains. Il repère un petit groupe d'hommes plus agités que les autres. Ils discutent à voix basse. Ils fomentent quelque chose. Corentin n'hésite pas. Il demande à Yvan de le suivre. Caméra au poing, il se dirige vers les excités, qui n'en reviennent pas. Qui prennent Corentin et Yvan pour des journalistes de la télé nationale. Qui hésitent sur la démarche à suivre – passer aux actes, c'est valorisant, mais être reconnu, cela pourrait leur poser des problèmes. Ils s'énervent contre les cameramen. Ils leur intiment l'ordre de dégager. Corentin et Yvan ne bougent pas. Ils actionnent le zoom. Ils serrent les plans. Regards assassins. Ailes du nez qui frémissent. Le chef du groupe glapit l'ordre de repli. Ils quittent les lieux. L'un d'entre eux se retourne et fait un doigt d'honneur à Corentin, il est vite rabroué par le leader : « On a dit pas d'esclandre en public, on n'est pas assez nombreux, et puis les insultes, ça ternit notre image. » L'autre hausse les épaules. Il est déçu. Il voulait en découdre. Sur le perron, Fanny et Lise, entourées de leurs boucliers humains, se mettent à applaudir Corentin et Yvan. Toute l'assemblée se joint à elles. Corentin rougit. Yvan se racle la gorge. Une femme s'approche d'eux.

– Vous vous appelez bien Yvan, non?

– Aux dernières nouvelles, oui.

– Vous ne vous souvenez sûrement pas de moi, mais nous étions au collège ensemble. Annabelle. Jalencourt. En quatrième. Vous étiez juste devant moi en math. Je connais votre dos par cœur.

Le reste de la journée est un joyeux bordel. Les filles ont opté pour une formule innovante et libératrice – le repas est remplacé par un énorme buffet dont les plats sont changés à intervalles réguliers par les employés du traiteur. Les invités s'asseyent où ils veulent – les tables et les chaises se déplacent facilement, s'ajoutent, s'agglomèrent. À un moment donné, les quatre-vingts convives forment une seule et même assemblée. Corentin découvre au fur et à mesure que les couples ne sont pas aussi figés qu'ils le paraissaient tout d'abord. Tout se croise – les orientations sexuelles, les âges, les ethnies aussi – dans un feu d'artifice social. Les filles ouvrent le bal avec une reprise très décalée du *You're The One That I Want* de John Travolta et Olivia Newton-John – et ensuite les invités quittent leurs tables et dansent. Tous. Dans les mariages auxquels Corentin a assisté, ce n'est jamais le cas. Il reste toujours des grappes aux différentes tables – les hommes indécrottables qui ne veulent pas se ridiculiser, les grosses dames qui prétendent avoir des oignons aux pieds, les sarcastiques qui prennent plaisir à critiquer ceux qui se trémoussent. En fait, il n'y a jamais plus de trente personnes sur la piste. Ce soir-là, on ne compte pas un seul réfractaire – et Corentin se sent seul, avec sa caméra, son micro, sa perche. Yvan a disparu – happé par les souvenirs d'adolescence. Corentin en vient à regretter les dîners insupportables, l'ennui profond qui suinte, passé minuit, pendant que l'assemblée supporte un énième discours, les échauffourées de fin de nuit.

– C'est vous le héros ?

– Pardon ?

– Celui qui est allé bouter les pisse-froid hors de la place de la mairie ?

– Je n'ai rien fait d'autre que les filmer. Et je n'étais pas seul.

– Ah oui. D'ailleurs, où est-il, votre acolyte ?

– Aucune idée. Il m'a faussé compagnie.

– Et vous accepteriez que je le remplace ?

La jeune fille qui se tient devant lui a des yeux verts extraordinaires que le bronzage fait ressortir. Légèrement plus petite que Corentin. Rayonnante dans cette robe émeraude qui lui sied à ravir. Corentin n'en revient pas. Il ose demander le prénom de cette créature aquatique. Quand elle répond « Ophélie » en souriant, il est au bord de l'évanouissement. Il est en train de se ressaisir quand elle lui assène le coup de grâce en ajoutant, avec du miel dans la voix : « Ah, tiens, voici Seamus, mon fiancé irlandais – ne vous tracassez pas, personne ne parvient à prononcer son prénom correctement, il s'y fait. » Corentin déchante – le dénommé Seamus est plastiquement aussi irréprochable que sa partenaire. Corentin se sent gauche et laid – pourtant il accepte avec entrain quand Seamus lui propose de partager avec eux la bouteille de champagne qu'il vient de voler dans l'immense frigo de la cuisine. Corentin prévient quand même que s'il commence à boire il faudra l'empêcher de prendre la voiture tout à l'heure – il n'a pas envie de finir dans un fossé ou de rencontrer une voiture de police. Il laisse la conversation se dérouler sans y participer. Des amis du couple se sont agrégés, attirés par les bouteilles de champagne qui semblent tout à coup se multiplier – c'est un mélange agréable de voix, de sons, de musiques. Il est question de capitales européennes, de voyages, de spécialités culinaires. Ophélie demande à Corentin quels pays il a déjà visités. Corentin hausse les épaules et égrène la liste des villages qui longent la route départementale qui mène à la ville. Tout le monde rit. Corentin sent le nuage de déprime se dissoudre dans les bulles et les saillies drolatiques. À un moment donné, Seamus et Ophélie réclament d'être pris en photo – avec les autres, puis seuls. Corentin prend l'appareil délaissé par Yvan – qui n'a toujours pas réapparu – et s'exécute. Malgré l'alcool, les réflexes professionnels se mettent en place et le résultat est à la hauteur des modèles. Corentin est en train de ranger le matériel quand Ophélie annonce qu'il est presque 3 heures du matin et qu'ils vont rentrer, Seamus et elle.

Elle ajoute qu'elle a bien retenu la leçon tout à l'heure, et qu'il est donc impensable que Corentin prenne le volant. Seamus a été beaucoup plus raisonnable – en fait, dit-elle, il passe son temps à servir les autres mais il ingurgite très peu, et elle éclate de rire. C'est donc lui qui conduira. Ils déposeront Corentin où bon lui semblera. Il pourra revenir chercher sa voiture demain matin. Corentin est sur le point d'objecter qu'il ne trouvera pas de chauffeur pour le ramener jusqu'ici, mais il se rappelle tout à coup qu'Yvan l'a lâchement abandonné. Son parrain lui devra bien ça. Il verrouille la caméra et le micro dans le coffre de son véhicule et se laisse embarquer. Sur la banquette arrière, il voit défiler le ciel de juillet – les étoiles, des dizaines, des centaines d'étoiles. Quand Ophélie et Seamus lui demandent s'il veut boire un dernier verre ou un café chez eux, Corentin n'oppose aucune résistance. Aucune non plus quand il s'agit de se déplacer du salon à la chambre à coucher. Les peaux qu'il touche scintillent. Les lèvres frémissent. La réalité est un rêve.

Yvan, 14 juillet

C'est bizarre de se retrouver à cette place, hein ? Je me suis souvent demandé quel effet ça faisait, de monologuer face à une caméra, eh bien voilà, maintenant je sais. C'est intimidant. J'ai mal au ventre, même si ça ne se voit pas. J'ai l'impression de passer un examen. T'as vraiment des idées tordues, quand même. Enfin, pour le coup, ce n'est pas tellement toi. C'est moi qui t'ai proposé. Je t'ai entendu en parler à ta mère et en fait je me suis vexé que tu ne m'aies rien demandé à moi. Parce que, mine de rien, je dois être la personne la plus proche de toi. En tout cas, celle qui te connaît le mieux. Je sais que tes parents trouvent ça gênant, ça remet en cause leur préséance, mais je ne comprends pas vraiment ce qui les surprend là-dedans. Après tout, j'ai l'habitude de côtoyer les enfants et leurs géniteurs dans les mariages, et je peux t'assurer que, si étonnant que cela puisse paraître, les parents sont probablement ceux qui connaissent le moins leur progéniture – les fils et les filles ne leur montrent que ce que leurs ascendants ont envie de voir, et ça a toujours été comme ça. Mes parents n'ont jamais rien su de mes incartades, ni de mes nuits blanches, ni de comment je les occupais, heureusement, sinon ma mère aurait eu une syncope. Tes parents ont peur que je leur vole leur fils, c'est idiot, je ne veux pas d'enfants, je n'en ai jamais voulu, je ne saurais pas quoi leur transmettre, et puis je serais un très mauvais père, toujours inquiet, toujours sur le qui-vive, toujours affolé par la mort qui rôde, partout. Je suis content de penser que maintenant, à cinquante ans, toutes ces interrogations sur la paternité sont derrière moi, je n'y serai plus confronté. Et je suis fier aussi de te former, même si, en vérité, je n'ai pas grand-chose à t'apprendre parce que tu te débrouilles déjà très bien et que, surtout, tu as l'œil. Davantage que moi. Tu reconnais les situations quand elles se mettent en place. Tu as l'intuition des failles – celles de l'organisation, celles des organisateurs, celles des invités. Je me suis repassé plusieurs fois la séquence de, comment s'appelle-t-elle déjà, Aline, c'est ça, Aline Célesta, la séquence où elle déclare son amour à son mari, j'en suis encore stupéfait, c'est un moment de vérité totale, de sincérité absolue, c'est d'une rareté à couper le souffle, tu ne peux pas t'en rendre compte encore, tu n'as que vingt-sept ans, mais cette intensité-là, tu ne la rencontres que deux ou trois fois au cours de ton existence, et ça m'a vraiment bluffé, c'est un don, tu sais, de pousser les gens à confier ce qu'ils n'ont jamais dit, tu devrais penser un jour à t'orienter vers la psychanalyse, il paraît qu'il n'y a pas de diplôme pour être psy, il faut juste s'être fait disséquer soi-même, enfin, je dis ça, je n'y connais rien, mais en tout cas, c'est quelque chose qu'il faut que tu gardes en toi, cette capacité à s'oublier, à disparaître pour que l'autre existe quelques instants. Je ne suis pas comme ça, moi. J'existe trop. Je prends de la place, je pousse des soupirs, je commente, je ne peux pas m'en empêcher, je n'ai jamais su faire de place à l'autre dans une relation, tant pis. En même temps, je ne suis pas si malheureux, j'ai bien vécu, je suis en bonne santé, je vis dans une démocratie en paix avec ses voisins, je ne cherche pas plus loin, je tente de profiter du temps qui passe en ne me brûlant pas trop les ailes. C'est un équilibre difficile. Il y a des moments d'abattement, oui, des moments où je pourrais basculer par la fenêtre de mon appartement solitaire, mais je m'en relève toujours – et puis il y a beaucoup de choses qui me ramènent à la vie, ma sœur, mes neveux, mes amis, et parmi eux, surtout ton père, parfaitement, je n'oublie jamais que ton père a été mon premier ami et est resté le meilleur, le plus vieux, celui à qui on ne confie pas tout parce qu'il y a des enjeux qui nous dépassent, mais en qui on a une totale confiance. Et toi, son fils, aussi. Tu es une de mes plus fortes attaches. J'ai paniqué l'autre jour quand j'ai retrouvé ta voiture, vide, au milieu du parking, après le mariage. J'ai eu peur que tu sois allé faire un tour dans la forêt et que tu te sois perdu, oui, je sais, c'est idiot. Tu es assez grand pour faire tes conneries et les assumer. J'imagine que je culpabilisais de t'avoir laissé te débrouiller toute la soirée [soupir], *alors que, bien sûr, tu n'as vraiment pas besoin de moi, tu pourrais reprendre l'affaire sans problème, tu le feras peut-être d'ailleurs. Mais que veux-tu, je me sens responsable de toi quand tu travailles avec moi. À cause de tes parents. De ton père, bien sûr. Et de ta mère aussi, dont j'ai été brièvement amoureux il y a des années, je suis sûr qu'elle ne t'a pas raconté ça – en même temps, ça n'a pas une grande importance, mais c'est étrange, parfois, de m'avouer que je suis associé au fils de cette femme qui, pendant quelques semaines, a été le seul objet de mes désirs et de mes inquiétudes, qui occupait mon esprit, mon cœur et le reste. Voilà, j'arrête là, je suis content de m'être confié à toi, à dire vrai c'est sans doute la raison cachée pour laquelle j'ai accepté de te parler devant une caméra, tu as raison, c'est une idée magnifique, Corentin.*

18 juillet

Anne Lecouseur et Luc Giret soupirent devant la tablette que leur soumet Yvan. D'habitude, les clients potentiels s'extasient plus devant l'Ipad que devant les différentes formules proposées. S'ensuit généralement une discussion sur les mérites et les inconvénients des nouvelles technologies, leurs applications, avec comparatifs de prix. C'est Corentin qui a poussé Yvan à adopter une présentation électronique et s'est chargé de la page Web détaillant leur entreprise, son historique, les options, les forfaits. Il n'y a rien de plus que ce qui existe déjà sur le papier, mais cela semble tellement plus professionnel. Corentin a eu le nez creux. Les futurs mariés sont tout esbaudis de se retrouver face à des photographes qui manifestement connaissent leur affaire.

Une page entière présente des clichés pris aux moments clés, des extraits vidéo, la promesse d'un Book Souvenir de cette journée particulière (40 × 80 cm – plus grand que ceux proposés par les concurrents). Une présentation succincte des différentes étapes, de la conception à la réalisation finale. Et des formules : la « All Stars » à 1 500 euros, incluant photographe, assistant, reportage complet des préparatifs à la pièce montée, diffusion sur grand écran lors de la soirée, entretiens avec les différents invités, témoignages, Book Souvenir de cinquante pages, DVD des photographies et DVD vidéo des interviews ; la « Memory Lane », à 2 000 euros, plus chère parce qu'elle offre en plus de la formule « All Stars » de vrais équipements cinématographiques, travelling, grue et lumières ainsi qu'un menu chapitré et des DVD Bluray (lecteur offert par l'entreprise).

Yvan s'était montré sceptique, puis carrément sarcastique, quand Corentin avait suggéré de traduire les intitulés traditionnels en anglais, mais il avait accepté, pour une période d'essai qui s'était révélée concluante : soit les clients, dont les neveux et nièces s'appelaient déjà Jordan et Shirley, tombaient amoureux de la formule ; soit ils la considéraient d'un œil ironique, se moquant gentiment des photographes qui souriaient de concert et expliquaient que oui, c'était ridicule, mais que la plupart des couples se laissaient prendre au piège, ce qui n'était pas le cas des clients présents, bien entendu, tellement plus intelligents que la moyenne. Tout cela à coups de mots feutrés et d'insinuations. Les clients potentiels se rengorgeaient – l'affaire était dans le sac. Corentin se chargeait de cette partie-là. Yvan sortait souvent fumer une cigarette lors de l'entretien. Il y avait quelque chose de foncièrement angélique chez Corentin, et ce doux charisme utilisé à des fins mercatiques, en toute bonne conscience, mettait Yvan mal à l'aise. Corentin haussait les épaules – il fallait bien que l'entreprise vive et il n'était pas sûr d'arnaquer tant que ça les clients : il s'était rendu sur les sites de leurs concurrents, il avait rencontré des gens qui avaient travaillé avec eux, il avait comparé les prix. L'avantage indéniable d'Yvan et de Corentin, c'est qu'ils aimaient vraiment leur métier. Yvan faisait la grimace, Corentin le reprenait : « Bien sûr que tu aimes ton métier, Yvan, tu l'adores, même, et tu le trouves utile, mais pour rien au monde tu ne l'avouerais, ce serait admettre que tu ne seras jamais réalisateur de longs-métrages. » Yvan bourrait les côtes de Corentin ou partait en claquant la porte. Il n'appréciait pas que le gamin ait le dernier mot.

Aujourd'hui, Yvan n'a pas quitté la pièce. Il est resté assis à côté de Corentin. Il connaît Anne et Luc Giret. Ils étaient au lycée ensemble. Ils formaient un couple emblématique de l'établissement, à l'époque. Luc Giret, terminale littéraire, cheveux mi-longs, grandes écharpes indiennes, boucles d'oreilles, musette verte sur laquelle étaient écrites les paroles du *Stairway to Heaven* de Led Zeppelin. Anne Lecouseur, terminale scientifique, mince, blonde, longues chemises en coton, jeans serrés, badges de David Bowie sur le gilet « garçon de café » qu'elle portait en permanence. Personne ne donnait cher de leur couple – il était trop séduisant, elle était trop discrète, elle réussirait sa vie, il la raterait dans les grandes largeurs et son sourire virerait au rictus, les années passant. Il finirait sans-abri, elle entrerait au ministère de la Santé.

Yvan avait eu de leurs nouvelles, irrégulièrement. Ils vivaient dans une petite ville de moins de cent mille habitants avec l'agglomération, les gens se croisaient souvent, les ragots allaient bon train au sein d'une même classe d'âge. Il avait appris qu'ils étaient toujours ensemble, que Luc Giret avait fini par passer les concours de l'Éducation nationale, tandis qu'Anne Lecouseur piquait une crise de nerfs à la faculté de médecine, plaquait tout, suivait soudain des études de droit, ne les terminait pas, entrait néanmoins dans un cabinet d'avocats, prenait du galon. Une fille, un fils, puis une autre fille, puis encore un fils. Toujours avec Luc Giret et son sourire en coin, la mèche sur le côté comme si les temps n'avaient pas changé alors que son corps s'était avachi, que son ventre avait pris du volume et que la lumière dans ses yeux vacillait parfois. Quand il avait été question du mariage, des photographies, de tout ce chantier comme Anne et Luc se plaisaient à le répéter, ils avaient jeté un coup d'œil sur les pages jaunes, avaient repéré le nom d'Yvan, dont ils avaient gardé un bon souvenir, et voilà, ils étaient là. Toujours pas convaincus. « Vaincus, ironisait Luc, mais pas convaincus. »

C'était à cause de leur progéniture. Ils avaient eu beau objecter tous les deux que se marier à cinquante ans n'avait pas grand sens, les enfants avaient fait front. Ils étaient grands maintenant, et à part le dernier, encore au lycée, ils volaient de leurs propres ailes. Luc et Anne ne savaient pas exactement comment ni pourquoi, mais les enfants, tout à coup, avaient fait bloc et s'étaient mobilisés autour de ce projet insensé – le mariage de leurs parents qui avaient toujours refusé une quelconque officialisation de leur liaison. Au début, Anne et Luc avaient lutté, mais une série de contrariétés dans la vie de leurs enfants – dont une catastrophe, la troisième à qui on venait de diagnostiquer une sclérose en plaques – les avaient finalement amenés à céder, pour leur faire plaisir.

– Depuis c'est une sorte de tsunami, dit Luc.

Anne lui reproche d'employer ce terme à tort et à travers, elle fronce les sourcils. Elle explique qu'ils étaient là-bas, en 2004. En Indonésie. Elle frissonne. Elle ajoute qu'ils ont peut-être raison, les enfants, après tout. Il faut célébrer la vie tant qu'on le peut. Mais aucun risque de passer chez le curé. La mairie, ce sera bien suffisant. Les enfants se sont chargés de tout : location de la salle, invitations, repas – ils ont décidé que chaque convive apporterait un plat de sa confection, une bouteille de vin ou de champagne et une boisson non alcoolisée –, DJ – l'aîné avait un ami qui allait s'en charger. Anne et Luc hésitaient entre l'agacement et l'émotion, car jamais leurs enfants n'avaient autant communiqué entre eux, ils se passaient de longs coups de téléphone, s'échangeaient des mails et des photos, riaient ensemble, c'était beau, tout simplement. Le summum avait été le choix du photographe. Il était hors de question de ne pas immortaliser ce moment, avaient claironné les rejetons, et pour cela il fallait des professionnels. En soupirant, les parents avaient consulté l'annuaire, trouvé les noms d'Yvan et de Corentin, accolés. Léa, l'aînée des filles, avait poussé un petit cri. Elle connaissait Corentin. « Comme la ville est petite ! » s'était-elle exclamée, ravie.

Léa Giret.

Corentin se souvenait parfaitement d'elle. En juin, quelques années auparavant, elle avait organisé une soirée pour ses condisciples, étudiants en anglais à l'antenne universitaire locale. Corentin ne se rappelle plus exactement comment il s'était mélangé au groupe, mais il avait passé un excellent moment, surtout quand il s'était mis à embrasser goulûment l'organisatrice de la fête. La suite avait été encore meilleure, cependant l'histoire n'avait pas survécu au petit matin, quand Léa Giret avait découvert qu'en fait, à cette époque-là, Corentin n'était pas seul. Il avait eu beau promettre de rompre, elle n'avait pas cédé. Léa Giret tenait la fidélité pour une vertu cardinale, et elle se mettait à la place de la fille trompée et humiliée. Elle ne pouvait pas rester avec quelqu'un en qui elle n'avait plus confiance. Tout cela avait un peu dépassé Corentin, il avait finalement haussé les épaules et répondu « tant pis ». Par la suite, il s'était souvent dit qu'il aurait dû insister, mais il était trop tard.

Il l'avait revue, quelques semaines auparavant. Elle était venue se renseigner sur les formules et les options. Elle était rayonnante et enceinte de plusieurs mois. Une petite fille, d'après les échographies. Elle n'avait pas encore trouvé de prénom. C'était la première fois que Corentin voyait une de ses anciennes conquêtes en passe de devenir mère, et il avait ressenti tout à coup une vive jalousie. La soirée avait été d'autant plus déprimante qu'Aurore venait de le quitter. Corentin s'était soûlé consciencieusement, en se répétant que son existence ressemblait à un marécage, ou à des sables mouvants dans lesquels il s'enfonçait petit à petit. Il est content qu'elle ne soit pas venue aujourd'hui. Il se sent mieux en face de ce couple qui pourrait être celui de ses parents, à qui Yvan propose maintenant une réduction de trente pour cent sur les formules, et qui reste malgré tout dubitatif.

– À ce prix-là, Anne, on pourrait passer six mois peinards en Amérique du Sud ou en Inde.

– On attendra d'être à la retraite.

– C'est-à-dire qu'on n'ira jamais.

– Ne sois pas si négatif. Écoute, les enfants se chargent de tout le reste, alors on peut bien leur faire plaisir.

– Tu es consciente qu'ils vont nous ressortir la vidéo à chaque anniversaire ?

– Quand tu seras en maison de retraite et que je serai décédée, tu seras bien content de la regarder.

– Les hommes meurent avant les femmes. De toute façon, il est hors de question que je te survive.

Elle lui effleure l'avant-bras. Corentin est fasciné. Yvan détourne le regard.

– Tu te rends compte que tu t'appelleras Anne Giret désormais ?

– On en a déjà parlé. Je collerai mon nom au tien.

– Giret-Lecouseur. C'est très bourgeois. Et très moche.

– Je ne trouve pas. Et puis bourgeois, mon gros, que tu le veuilles ou non, nous le sommes devenus. Comme notre ami Yvan.

– Ne me mêlez pas à la conversation !

– Non, mais attends, regarde-toi Yvan, avec ta veste et tes pantalons assortis, avec ta petite entreprise ! Tu te souviens comment tu t'emportais contre les commerçants ?

– Je m'emporte toujours, Anne.

Corentin confirme. Ils se sourient tous les quatre. Luc soupire encore, murmure « Mon Dieu, quelle histoire » et opte finalement pour la « Memory Lane » avec la réduction de trente pour cent.

– *Memory Lane*, tu parles... Cela dit, je regrette parfois de n'avoir aucune image de mon adolescence à part des photos de famille et quelques clichés de voyages scolaires. À l'époque, ça ne paraissait pas important, les souvenirs. Quand je pense au nombre de selfies que les jeunes prennent aujourd'hui ! En même temps, ils se photographient eux-mêmes, sans les autres. C'est bizarre, non ?

– J'ai un film.

– Pardon ?

Le lendemain, ils sont de nouveau là, tous les quatre, dans la boutique fermée à clé, le rideau de fer baissé. L'obscurité est presque totale. Yvan glisse le DVD dans le lecteur. Il toussote. Explique qu'il y a quelques années, quand il a retrouvé la pellicule dans les cartons du grenier et qu'il l'a visionnée, il a eu la bonne idée de la numériser. Il en a d'ailleurs effectué une copie pour Anne et Luc. Il a à peine terminé de parler que la projection commence. Et pour la première fois, Corentin découvre le passé de son parrain.

C'est une fête, à la campagne. Le début de l'été. Une ancienne ferme transformée en salle de bal. Yvan tient la caméra. Des corps bougent sur les succès du moment – Blondie, *Atomic*. Des ombres passent devant l'objectif. La rampe de spots au fond de la pièce syncope les danseurs. La caméra s'éloigne et passe au-dehors – c'est le début de la soirée, la lumière est encore vive. Sur la balancelle, dans le jardin, deux jeunes filles. L'une d'elles est Anne Giret, dans ses jeans délavés et son haut vaporeux.

Elle se cache le visage dans les mains, elle déteste être filmée. Devant elle, cheveux mi-longs, santiags violettes, tee-shirt noir, mince et musclé, Luc. Gros plan sur son visage, sa moue boudeuse, l'intensité de son regard. Il est d'une beauté à couper le souffle. La caméra s'éloigne, le plan s'élargit, embrassant le paysage, la route poussiéreuse, le pont sous lequel coule la Seine, une mobylette qui passe. Coupure nette. C'est le matin, le lendemain sans doute. Tous les invités de la soirée sont assemblés devant la balancelle. Photos souvenirs. Les visages sont fatigués mais rieurs, les interjections fusent.

D'un seul coup, Corentin crie « Stop ! » et l'image se fige. Il s'approche de l'écran. Sur la droite, à côté de ce garçon qui paraît prêt à s'endormir, il y a cette fille en pantalon noir et pull rouge. Elle fixe un point au loin, vers le fleuve. Elle plisse les yeux à cause du soleil. C'est la première fois que Corentin voit sa mère autrement que sur les clichés familiaux. Il en reste bouche bée. Il articule « C'est maman » et ajoute à l'assertion un point d'interrogation fragile, tant il est surpris par sa découverte. Anne et Luc se tournent vers lui, puis vers Yvan qui relance le film. Yvan qui, sur la pellicule, est appelé par tout le groupe, son nom scandé dans le matin de juillet. Yvan qui passe maladroitement son appareil à l'un des garçons du premier rang. Mouvements désordonnés vers le ciel, la maison, le sol. Éclats de rire. Quand l'image se stabilise enfin, le groupe est en train de se dissoudre. Et Yvan embrasse la jeune fille rêveuse.

Noir.

Silence embarrassé. Yvan rallume les lumières. Luc se racle la gorge. Il dit qu'il est content d'avoir effectué cette promenade en amnésie. Il ajoute qu'il est également conscient d'avoir beaucoup perdu, mais que sa future femme, par contre, a très peu changé – malgré ses quatre grossesses, elle est toujours aussi délicate. Anne rit à gorge déployée et le traite de vil flatteur. Elle remercie Yvan. Elle déclare qu'elle est vraiment très contente d'avoir vu ce témoignage et de l'avoir choisi comme vidéaste officiel de son mariage. Elle espère seulement qu'il a fait des progrès depuis, sinon, cela risque de tourner au film expérimental. Ils serrent la main d'Yvan, adressent un signe amical à Corentin et sortent de la boutique. Corentin n'a pas bougé d'un pouce. Quand il retrouve l'usage de la parole, son timbre est presque fantomatique.

– C'est pour elle que tu l'as gardé ?

– Pas seulement.

– Menteur !

– Le temps passe, Corentin. Les souvenirs s'estompent. Je suis très heureux d'être ce que je suis. Je suis fier de mon parcours professionnel aussi bien que sentimental.

– Et elle ? Tu crois qu'elle l'est, heureuse ?

– Ton père est un homme bien. Et elle a un garçon formidable.

– Qui travaille avec l'ex-amant de sa mère.

– Amant est un bien grand mot. Et puis ce sont des choses qui arrivent. Ne te fourvoie pas dans le passé, Corentin. Va de l'avant. Il y a sûrement plein de pépites qui t'attendent.

– Je commence à en douter.

– Tu trouveras peut-être ton âme sœur au mariage des Giret.

– Une de mes possibles âmes sœurs est enceinte jusqu'au cou.

– C'est que ce n'était pas la bonne, jeune homme.

– Et toi ? Tes amours ?

Yvan sourit et se perd dans la contemplation de la rue qui borde la petite échoppe. Annabelle Jalencourt viendra tout à l'heure, quand Corentin sera parti.

Léa, 22 juillet

J'étais contente que tu m'appelles, mais tu vois, là, je me sens moins à l'aise. J'ai trop chaud. Être enceinte de six mois, ça n'aide pas. Surtout que je me suis complètement lâchée. Pendant le premier trimestre, j'ai fait attention à tout : ne pas prendre trop de poids, ne pas trop m'attacher si par malheur je faisais une fausse couche, ne pas en parler autour de moi alors que ça me brûlait la langue – mais depuis, je me suis rattrapée, je claironne partout la date de naissance prévue – 18 octobre, c'est proche de ton anniversaire, ça, non? tu es né quand? le 17? le 16! ah oui, je me souvenais que tu étais une petite Balance, ascendant Taureau, je crois, tu ne te rappelles pas, il y a un moment où j'adorais étudier les horoscopes et l'astrologie, je t'avais même rédigé un thème complet, j'aurais dû en faire mon métier d'ailleurs, parce que les assurances, mon Dieu, il y a quand même plus passionnant, mais rien n'est joué, peut-être que je vais changer de voie, devenir chiromancienne, cartomancienne, j'aurai un turban, un point noir entre les sourcils qui représentera mon troisième chakra et je psalmodierai des formules étranges, aussi étranges que le mot « psalmodier », mais bon, je délire, je dérive, je suis désolée, c'est comme ça depuis que je suis enceinte de ma fille. Elle n'a pas encore de prénom, j'hésite, c'est la mode des prénoms courts en « a » Emma, Eva, Lola, mais je m'appelle Léa et je n'ai pas envie que le prénom de mon enfant ressemble au mien, et puis je ne veux pas suivre la tendance ; je me singulariserais bien, mais Cédric n'est pas trop d'accord, il dit qu'un prénom qui te distingue des autres, ça t'empêche de te fondre dans la masse, tu deviens un prénom avec tous les stéréotypes qui s'y rattachent avant d'être une personnalité, il opterait bien pour un prénom passe-partout, enfin, il va vraiment falloir qu'on se penche sur la question, tu as vu, je n'arrête pas de parler, et de glousser aussi, ça m'énerve cette tendance que j'ai à glousser pour un rien, tiens, je vais me calmer, appliquer les principes du yoga, inspirer en comptant jusqu'à six, expirer en comptant jusqu'à dix, voilà.

[Pause.]

Tu sais, quand tu m'as demandé si je voulais prendre un verre, je me suis fait tout un tas de films, j'ai même pensé que tu fantasmais sur les femmes enceintes, alors j'étais prête à te renvoyer dans tes cordes parce que de toute façon, tu t'en souviens, la fidélité pour moi c'est sacré et je ne tromperai jamais Cédric, mais quand finalement tu m'as parlé de ton expérience, là, de laisser parler les gens devant une caméra pour construire une mosaïque de ceux qui ont compté dans ta vie, j'ai ressenti à la fois de la fierté, parce que je n'étais pas vraiment persuadée d'avoir eu une quelconque importance dans ton existence, et une certaine déception, qui m'a surprise. Au fond, j'aurais sans doute aimé que tu me dragues une deuxième fois et j'aurais adoré t'éconduire de nouveau, c'est bizarre, non? Dans les années où j'étais seule, j'ai pensé plusieurs fois à t'appeler, à renouer le lien, et à voir où il mènerait, et puis je me suis ravisée, j'avais peur que tu ne comprennes pas la démarche, peur d'être ridicule aussi – finalement, tu vois, j'ai eu raison, je l'ai trouvé, mon bonheur, Cédric est l'homme qu'il me faut, il peut me tenir tête et me pousser dans mes retranchements, mais il sait aussi ployer sans casser sous l'orage. Bref.

[Pause.]

J'ai vu le film, tu sais. Mes parents me l'ont montré. Je ne sais pas si c'est encore un effet de ma grossesse, mais j'ai pleuré. Je ne comprends pas exactement ce qui m'a pris – voir ma mère jeune, et mon père aussi, j'avais toujours entendu qu'il était bel homme, j'avais vu quelques photos, mais je ne l'avais jamais imaginé aussi… enfin, c'est troublant, non ? Tu lui donnerais le diable sans confession, un mec à tomber par terre, hein ? Et puis ils m'ont expliqué pour ta mère et ton parrain, qu'apparemment tu n'étais pas au courant de grand-chose et que ça t'avait fait un choc. Quand mes parents sont allés se coucher ce soir-là, je me suis repassé le DVD plusieurs fois et à chaque visionnage, je me suis retrouvée en larmes, comme si j'étais pour la première fois consciente du temps qui s'écoule, de ce qui va nous arriver, de ce que traversera ma fille aussi, ses joies, ses échecs, ses envies, toute cette somme de moments auxquels je n'assisterai pas, tiens, je n'en parle plus parce que je vais me remettre à chialer. Je voulais juste te dire que oui, toi aussi tu as été très important pour moi, même si ça n'a duré qu'une soirée, même si j'ai tout gâché. Tu m'accompagnes souvent dans mes décisions, je me dis : « Qu'est-ce qu'en penserait Corentin ? », c'est ridicule, n'est-ce pas ? Je vais arrêter là, je profère des énormités, en plus elles vont rester gravées sur un DVD et un jour elles circuleront sur Internet, quelle horreur, je n'aurais pas dû accepter ton invitation.

[Rires. Pause.]

J'ai juste une chose à te demander. J'aimerais vraiment que tu me suggères un prénom pour ma fille. Ah, et autre chose : Ne montre jamais, jamais ce film à personne.

31 août

Les mariages d'août se sont succédé, sans rien de notable. Les mêmes reportages, les mêmes sourires, les mêmes oncles éméchés qui scandent « La jarretière ! La jarretière ! » sous le regard désespéré de leurs femmes, alors que cette tradition a disparu depuis quelques années, remplacée par le carton ou la boîte en fer à l'entrée de la salle de restauration, dans laquelle les invités glissent des billets ou des chèques visant généralement à financer la lune de miel ou à rembourser une partie des frais engagés. Comme à chaque fin d'été, Corentin commence à se lasser. Comme à chaque fin d'été, Corentin a épluché les petites annonces, a sélectionné des postes qui ne correspondent pas à son profil et a envoyé des CV, sans obtenir aucune réponse pour l'instant. Le rectorat de l'académie a confirmé son refus de le reprendre à un poste de surveillant dans un établissement scolaire, puisqu'il est parvenu au terme de son contrat. Lui reste la possibilité de faire acte de candidature pour un poste équivalent dans un collège ou un lycée privé, ou de contacter des mairies pour proposer ses services dans les équipes d'animation qui se mettent en place, suite aux réformes ministérielles concernant l'enseignement primaire. L'automne arrivant, les contrats signés par Yvan vont se réduire comme peau de chagrin, et la société vivotera grâce à quelques films publicitaires et quelques photographies d'entreprises, pour renaître à partir de Pâques, l'an prochain. Yvan a proposé plusieurs fois à Corentin de rester à ses côtés pendant les mois creux, mais Corentin sait bien que les bénéfices engrangés durant cette période sont trop maigres. Il réfléchit à s'expatrier cet hiver. Il pourrait postuler à des emplois de serveur dans les stations de sports d'hiver. Il a peu d'expérience, mais il pense qu'il pourrait néanmoins faire l'affaire – après tout, son CV suggère un sens du contact et de la clientèle assez développé.

Il ne reste que deux mariages, en fait. Celui des Giret a eu lieu la semaine dernière et a été une très belle réussite, même si Corentin, qui se réjouissait d'y participer, n'en a pas gardé de très bons souvenirs à cause d'une gastro-entérite qui, deux jours avant la cérémonie, l'a vidé de ses forces. Ils étaient très heureux, finalement, les Giret, avec leurs enfants exubérants qui tour à tour riaient à gorge déployée et pleuraient à chaudes larmes, avec leurs amis qui, à intervalles réguliers, déclamaient des discours à la fois drôles et émouvants. Yvan a donné l'autorisation à Corentin de rentrer plus tôt, ce soir-là – il avait l'air vraiment trop mal en point. En rentrant, son répondeur clignotait. Marion, qu'il avait retrouvée au mariage de Laurent et de Laurence Martin, l'invitait le lendemain soir. Elle l'avait recontacté au début du mois d'août, elle s'ennuyait dans cette ville, alors que tous ses amis étaient partis en vacances. Elle trouvait aussi dommage que leur badinage, au moment du mariage des

Martin, n'ait finalement rien donné. Elle lui proposait une histoire sans lendemain – Marion ne s'embarrassait pas de détours. Sans lendemain, parce qu'elle partait en octobre en Amérique du Sud. Une opportunité de travailler pour une ONG – son rêve – qu'elle ne pouvait pas refuser. Elle terminait son message par « la balle est dans ton camp, maintenant ». Il l'avait prise au rebond. Ils étaient ensemble depuis une quinzaine de jours, alternant des nuits communes et d'autres solitaires. Avant de s'endormir, Corentin avait essayé d'imaginer l'Amérique du Sud, mais il savait que ce n'était que des chimères : Marion serait très embarrassée – et probablement furieuse – s'il décidait de l'accompagner. Comme elle l'avait signifié à un moment donné, cette relation purement sexuelle, c'était une façon d'enterrer son adolescence – comme on enterre des vies de garçon, ou des vies de jeune fille. Corentin se demande combien d'adolescences il mettra encore en terre.

Aujourd'hui, c'est le tour des Erlanger.

Les Erlanger, ils sont comme tous les autres – ni laids ni beaux, un peu trop décorés, habillés, pomponnés, ressemblant à des guirlandes électriques autour du sapin de Noël. Ils rient, les Erlanger, de se voir si entourés, eux qui pensaient que personne ne viendrait à une cérémonie qui se déroule juste avant la rentrée scolaire, alors que tout le monde a la tête ailleurs. Ils étaient bien un peu déçus quand ils s'étaient aperçus six mois auparavant qu'ils s'y prenaient trop tard, un semestre, c'était très court, tout était déjà réservé : traiteurs, curés, limousines, tours en calèche. Alors, la mort dans l'âme, ils avaient accepté cette date qui ne leur évoquait que de mauvais souvenirs – Angélique et Sébastien Erlanger n'ont jamais aimé la rentrée scolaire, ils n'étaient pas très bons élèves, appliqués mais peu doués pour les études, elle a suivi une formation courte pour travailler avec des personnes âgées tandis que lui se spécialisait pour devenir menuisier, et peut-être, plus tard, quand il serait à son compte et que l'entreprise tournerait bien, ébéniste, ce serait la classe, ça, ébéniste, mais bon, ce n'était pas pour tout de suite. Angélique, de son nom de jeune fille Deleurs, avait vingt-six ans, un visage avenant, des yeux rieurs, et une vingtaine de kilos en trop pour entrer dans une robe de mariée standard. Sébastien Erlanger était bâti sur le même modèle, et, chose rare, il était aussi disert que sa femme, n'hésitant pas à discourir sur tout et n'importe quoi, les téléphones portables, les avantages des tablettes, les voitures racées qui filaient sur les autoroutes, les pizzas les moins chères et les plus garnies de la ville – comme s'il avait appris par cœur tous les dépliants dont les commerçants inondaient les boîtes aux lettres. Angélique Deleurs couvait son futur mari du regard. Elle trouvait qu'elle avait de la chance – elle n'avait même pas eu besoin d'un régime pour le conquérir et lui passer la bague au doigt. Il n'attendait que ça. Le seul problème avait été de le convaincre de ne pas acheter les alliances dans la bijouterie située dans la galerie marchande du centre commercial où ils se rendaient le samedi après-midi pour faire les courses. Les alliances y étaient moins onéreuses et plus variées en design, déclarait Sébastien Erlanger, retrouvant les termes exacts du prospectus qu'il avait vu la veille. Angélique avait soupiré. Non, ce serait sans doute son seul caprice, mais elle insistait – elle voulait des bijoux en or qui venaient d'une vraie boutique du centre-ville, là où les vendeuses étaient les mêmes depuis des années et semblaient vraiment connaître leur affaire. Des professionnelles. L'argument avait eu un écho chez Sébastien qui pensait effectivement qu'on devait faire confiance à des professionnels comme lui plutôt qu'à des étudiantes recrutées n'importe comment et payées au rabais, souvent d'ailleurs des filles d'origine nord-africaines qui se prétendaient françaises et prenaient des places réservées normalement aux Français d'origine.

Angélique tique chaque fois que son fiancé se laisse un peu aller sur les sujets raciaux. Elle s'impatiente. Elle lui redit qu'elle n'aime pas trop quand il parle comme ça. Elle est même allée jusqu'à lui mettre une tape sur le bras quand il a commencé à dériver sur les Roumaines qui devraient retourner d'où elles viennent et continuer de briller en gymnastique. Il est devenu tout rouge – un gamin pris en faute. Il a émis un petit rire gêné, et puis il a changé de sujet de conversation.

Les Erlanger soûlent Corentin. Il a beau être conscient que pour signer des contrats il convient d'écouter les clients énoncer un certain nombre d'absurdités et de jugements de valeur, il commence à ne plus pouvoir les supporter, les Erlanger. Il a mis une option sur Angélique quand il s'est agi de suivre l'un des mariés dans ses préparatifs. À un moment, juste avant d'aborder l'étape du maquillage, elle est revenue sur les déclarations de son futur mari.

– Vous savez, il ne faut pas lui en vouloir.

– Je ne juge pas.

– Ce n'est pas vrai. Je vous ai vu. Vous serriez un peu les mâchoires et vos narines frémissaient. J'ai l'œil. C'est important quand on travaille dans une maison de retraite. On doit pouvoir deviner pourquoi une personne ne parle pas, maladie, colère, détresse. On les écoute. Je passe mon temps à les écouter.

Elle éclate de rire et porte sa main droite à sa bouche.

– Bon, c'est vrai, du coup, j'écoute tellement pendant la journée que ce que me dit Sébastien me glisse dessus la plupart du temps. Et puis, je ne suis pas comme vous. Je sais de quoi ça vient. Je…

Elle rougit, tout à coup. De la naissance du cou jusqu'à la racine des cheveux. C'est tellement subit que Corentin s'inquiète – elle ne va pas faire un malaise le matin de son mariage, quand même ?

– Je… J'ai déjà été mariée. D'ailleurs, ça a posé un problème au départ, à l'église, parce que ce connard de curé ne voulait pas d'un remariage en robe blanche, comme s'il avait son mot à dire. Comme si ça avait une quelconque importance de nos jours. Bref, voilà, j'ai un ex-mari. Assez gentil d'ailleurs. Enfin, ni plus ni moins que tous les hommes. On sait ce que c'est les hommes, hein, le foot, les copains, les bières, le travail et puis après seulement les femmes… oh, je m'excuse, je collectionne les gaffes, je vous parle comme ça alors que vous aussi vous êtes de sexe masculin, c'est idiot, c'est juste que quand vous êtes là, derrière la caméra, j'ai tendance à oublier que je m'adresse à quelqu'un, c'est plutôt comme si je parlais avec une copine, vous ne m'en voulez pas, hein ?

Elle soupire. Corentin ne peut s'empêcher de glousser.

– Ce n'est pas bien de vous moquer, hein. Bon, où j'en étais, moi ?

– À votre ex-mari qui était assez gentil.

– Et noir.

– Pardon ?

– Parfaitement. On ne peut plus noir. Venant du Sénégal. Français depuis deux générations. Dominique, il s'appelle. On s'est mariés très jeunes, pensez, je n'avais pas vingt ans, j'étais enceinte, et puis j'ai perdu le bébé, enfin, il est mort dans mon ventre à mon sixième mois de grossesse, vous voyez, j'ai l'air d'en parler avec détachement, là, mais en réalité, c'est la première fois que je l'évoque, cet épisode, sinon je me tais, j'ai ordonné à tous ceux qui me connaissent de ne jamais en parler, c'était une petite fille, si elle était venue à terme, ma vie aurait été très différente, mais là, notre mariage, après, ce n'était plus possible. J'ai appris qu'il y a des couples qui supportent ça, qui surmontent les difficultés, qui vont voir des psys ou des groupes de parole, je ne me sentais pas assez forte, Dominique non plus, alors on s'est séparés, et il a déménagé, il est parti pour le Sénégal alors qu'il n'y était pas allé depuis des vacances d'été quand il avait douze ans, je l'ai appris par un ami commun, autrement je n'ai pas de nouvelles et je n'en demande pas, j'ai tourné la page, complètement, c'est une nouvelle existence, alors que Sébastien soit raciste sur les bords, je m'en accommode, c'est moche mais c'est un tout, c'est une autre vie.

– Il connaît votre histoire ?

– Tout. Il promet qu'on aura des enfants et que j'oublierai cet épisode douloureux. C'est sa façon d'appeler ce moment-là, un « épisode douloureux ».

– Et vous, vous voulez des enfants ?

Elle hausse les épaules.

– Il faut bien avancer dans la vie, non? Même si c'est dans une mauvaise direction. Et puis, je suis lucide, vous savez. Je suis grosse, une jolie grosse d'accord, mais une grosse quand même, j'approche de la trentaine, les demandes en mariage, c'est maintenant ou jamais. Il y a des filles qui préfèrent rester seules que mal accompagnées. Pas moi. Attendez, je ne suis pas en train de dire que je suis mal accompagnée, hein! Oh, et puis éteignez-moi ça, je raconte n'importe quoi. Vous pourrez effacer, s'il vous plaît?

– Je n'ai rien filmé.

– Ah bon?

– Non. Il y a le début, et puis après j'ai éteint. Je me doutais que vous préféreriez que la suite reste secrète.

Elle hoche la tête. Elle sourit. Elle murmure : « Vous êtes gentil », et puis elle retourne à son miroir et à sa coiffure. Elle n'a pas voulu être aidée. Elle affronte l'épreuve seule.

Corentin reste à ses côtés, se permet même des conseils. Petit à petit, la charge émotionnelle s'estompe, les plaisanteries reviennent, ce sera une belle journée. En sortant de la pièce, Angélique effleure le bras de Corentin et lui murmure un merci. Corentin hoche la tête, sérieux comme un pape. Il se donnerait le bon Dieu sans confession. Sauf que la confession, il l'a. Et il l'a gardée. Tous les mots. Toutes les phrases. Toutes les attitudes. Corentin se dit qu'il devient un expert en mensonges. Il n'a pas l'intention de s'en servir – dans quel but, d'ailleurs ? –, mais elle va rejoindre sa collection. Dans une trentaine ou une quarantaine d'années, quand la fin du monde sera annoncée, il s'enfermera dans une petite pièce avec le montage des entretiens qu'il aura effectués. Ce sera son hommage à la vie.

Le reste du mariage ne vole pas haut. Blagues au-dessous de la ceinture, tablées qui hurlent qu'à bâbord on est les plus forts, tandis que celles d'en face vocifèrent et prétendent qu'à tribord on est les meilleurs. Le son est saturé. Les images aussi. Une fois les cérémonies à la mairie et à l'église pliées et le vin d'honneur dévasté, le taux d'alcoolémie s'élève dangereusement, on craint des échauffourées, notamment à cause de la politique qui arrive sur le tapis. Corentin observe Angélique du coin de l'œil. Elle joue son rôle. Apostrophe les hommes avec une voix de poissonnière qu'il ne lui connaissait pas, n'hésitant pas à les agonir d'injures qui choquent les plus vieux – qui rient quand même pour imiter le reste de la troupe. Corentin et Yvan sont nerveux. Ils préparent leur retraite en silence. Il ne faudrait quand même pas que le matériel pâtisse de l'excitation ambiante.

Et d'un seul coup, il y a un éclair, un seul – un coup de tonnerre presque immédiat. Toutes les lumières s'éteignent d'un coup et la musique retourne au silence. Des exclamations. Des interjections. Des briquets qu'on allume. Un serveur tombe avec le plat qu'il portait. On se lève. On se bouscule. Deux ou trois personnes arrivent de l'extérieur en criant, la foudre est tombée sur le transformateur électrique à quelques dizaines de mètres, il flambe, il émet des crépitements, et les arbres proches sont prêts à s'enflammer, on doit appeler les pompiers tout de suite. On a à peine pianoté sur les portables – la caserne sera d'ici peu submergée d'appels – que la pluie s'abat violemment. Des trombes d'une eau presque équatoriale, une mousson inattendue. Des rideaux qui cognent aux vitres et tentent de pénétrer dans la salle devenue obscure. Les chuchotements s'élèvent – on n'a jamais vu ça, pas depuis des années en tout cas, il faudrait que ça cesse maintenant, parce que dehors tout va tourner à la boue, et la rivière est assez proche, si ça se trouve elle va déborder. L'alcool n'aide pas à la prise de décision – tout devient très chaotique, on se demande s'il ne serait pas mieux de tout annuler, on pourrait le faire plus tard, hein, le repas, le plus important, c'est qu'ils soient unis devant Dieu et Monsieur le maire. Des voix discordantes s'élèvent et rassurent – « mais non, ça va passer, c'est un orage d'été, on connaît, c'est violent mais passager, aucune crainte à avoir ».

Sauf que le traiteur, qui s'est déplacé, est nerveux. Il jette des coups d'œil dehors, les nuages rendent la nuit opaque, le ciel est saturé d'éclairs, et on dirait une tornade, là-bas, non? Les enfants se serrent contre les adultes et commencent à pleurer; les mères ne parviennent pas à les rassurer. Un gros, dans le fond, émet l'hypothèse que c'est une vengeance divine – mine de rien, il s'agit d'un remariage, et avant, elle était avec un Noir, l'Angélique, tout le monde le sait, mais personne ne le dit. Sébastien se lève et va asséner à celui qui vient de s'exprimer un retentissant coup de poing dans le visage – l'autre n'a même pas le temps de réagir. Alors, ça s'éparpille, ça piaille, ça pleurniche aussi un peu, ça cherche des excuses, ça prend les paquets de dragées, ça les fourre dans son sac et ça se lève en disant : « bon ben c'est pas qu'on s'ennuie, mais il se fait tard, on va peut-être rentrer maintenant, surtout qu'il n'y a plus de musique », ça quitte le bateau alors que l'eau monte à l'extérieur.

Corentin cherche Angélique du regard. Il l'a aperçue, quelques secondes avant que Sébastien n'aille éclater l'indésirable. Elle était sur le point de sortir. Elle ne voulait pas qu'on la suive. Il quitte la salle – sous les imprécations d'Yvan qui souhaite s'en aller au plus vite. Dehors, c'est le déluge, de la pluie, de la grêle. Corentin repère une tache blanche au fond, près de la rivière. Il se met à courir. Les images se télescopent dans son esprit – des associations de séries télévisées, de romans policiers, de faits divers. Lorsqu'il la rejoint, il est hors d'haleine. Elle est sur le pont de pierre. Les rideaux de pluie se déversent dans le courant. Corentin s'aperçoit que le niveau n'a guère monté, il en faudrait bien plus pour faire sortir la rivière de son lit. Angélique se retourne à l'approche de Corentin et elle lève les sourcils.

– Vous vous inquiétez ?

– Un peu, oui.

– Il n'y a pas de raison. Je suis sortie prendre l'air.

– Et une pneumonie ?

– Je suis bien, ici.

– Mieux que là-bas ?

– Ce n'est pas avec eux que je me marie. J'ai confiance en Sébastien.

– Il vous a bien défendue.

– Oui, mais il n'avait pas à le faire. La calomnie ne m'atteint pas. Oh, et puis je n'ai pas envie de parler de ça. Regardez cette eau. C'est beau, n'est-ce pas ? On ne sort jamais quand il tombe des cordes, et c'est dommage. J'adore le délavé des couleurs, lorsque les verts se mélangent au gris et au bleu. J'espère que nous pourrons un jour vivre près d'un fleuve.

– Vous êtes très étonnante.

– Pas plus que les autres, jeune homme. Je suis persuadée que vous êtes vous-même surprenant quand on gratte un peu. Le gros lot sous le rectangle argenté. Un vrai ticket de loto.

– Vous allez rentrer ?

– Bien sûr ! Dans deux minutes. Et vous ?

– Nous n'allons pas tarder. Je tenais à vous dire au revoir. Nous nous reverrons pour vous donner les DVD et le livre de photos, mais ça ne sera pas pareil.

– Vous êtes amoureux de quelqu'un ?

– Non. Enfin, il y a une fille dans ma vie, mais nous entrons et nous sortons de l'existence l'un de l'autre. Un vrai hôtel de passe.

– C'est dommage. Vraiment, personne ne vous a intrigué, ému, fait de l'effet ces derniers mois ? Et ne vous avisez pas de répondre « vous » ou j'appelle mon mari.

Elle sourit. Elle est trempée jusqu'aux os. Elle tremble un peu. Il s'apprête à s'éloigner.

– Vous ne m'avez pas répondu, Corentin.

– Je réfléchis.

– C'est votre problème, ça, non ? Mais je n'ai rien à dire. Le mien, c'est que je ne réfléchis pas assez.

Pascal, 30 août

Moi, je ne voulais pas. Vraiment. Je trouve que c'est une idée à la con. Je n'ai pas changé d'avis. C'est dégoûtant d'encourager les gens à venir te parler comme un putain de confident et de les écouter déballer leurs inepties sur ton canapé vert. J'ai vu un film où il était question d'un truc pareil. Je crois même qu'il a eu la Palme d'or à Cannes, ou un Oscar, ou quelque chose dans ce goût-là. Toujours est-il que le type demandait aux gens de venir dans son appartement – enfin, surtout aux femmes si je me souviens bien – et de lui parler alors qu'il restait derrière la caméra. Je suppose qu'il était réussi, ce film, parce que tu vois, ça doit bien remonter à vingt-cinq, trente ans et je m'en souviens encore, mais ce dont je me souviens, surtout, c'est à quel point j'étais mal à l'aise. C'est comme un viol. C'est même pire que du viol parce qu'on ne brutalise pas les victimes, ce sont elles qui se brutalisent elles-mêmes. Tu as peut-être appris qu'on s'est engueulés, ta mère et moi, le soir où elle est revenue de ton appartement. Elle m'a raconté qu'elle s'était rendue à ton expérience, et mon sang n'a fait qu'un tour. Alors elle m'a demandé de quoi j'avais peur, mais je n'ai peur de rien, moi, ah si, d'une chose, j'ai peur que mon fils soit devenu pervers. Parfaitement.

Tu crois que je ne sais pas ce qu'elle t'a raconté ?

[Fixe le plafond. Une mouche vient de s'y poser.]

Tu verras, toi aussi, quand tu auras notre âge, que le couple, ce n'est pas toujours facile, il y a des hauts et des bas, et même carrément des Everest et des fosses océaniques, mais l'important, c'est qu'on forme vraiment une équipe, exactement, je sais bien que tu n'aimes pas le sport et que, quand je regarde les matchs de foot à la télévision, tu lèves les yeux au ciel comme si c'était vraiment la lie de s'intéresser à la Coupe du monde. Ton discours, je le connais par cœur : la Coupe du monde, c'est de la poudre aux yeux et des centaines de familles dépouillées de leurs logements, déplacées et brutalisées par la police. Et puis ton petit laïus sur le chauvinisme : comment est-ce qu'on peut s'identifier à un pays ou à une ville et hurler de joie ou de désespoir parce qu'une douzaine de gars grassement payés à courir après un ballon ont perdu ou gagné ? C'est sûr, Monsieur préfère le tennis, et j'imagine que Monsieur fera du golf plus tard, ou du kitesurf, un de ces sports de riches, qui sont des combats individuels, qui n'ont rien de collectif, où l'on se bat contre soi-même et pas contre les autres ? Eh bien, je vais te dire, moi, ceux qui ne valorisent que les disciplines individuelles n'ont rien compris au monde qui les entoure. Ce sont des putains d'égoïstes, oui. C'est avec les autres qu'on avance et qu'on réussit, c'est pas tout seul, et puis toi, avec tes théories antiracistes, là, t'as pas remarqué le peu de joueurs de couleur sur les terrains de tennis ? on a beau dire que ça s'est démocratisé, tiens, regarde les tournois, ils sont tous blancs, quelques Asiatiques et basta, parce qu'il faut des infrastructures pour le tennis, du matériel, des terrains, des balles, le short qui convient, la raquette la plus perfectionnée, alors que nous, au foot, on n'a besoin de rien d'autre que du ballon, et puis tout le monde se mélange, y en a même qui se plaignent qu'il y a trop de basanés dans ce monde-là, surtout en Ligue 1, moi je leur dis, ils n'ont qu'à y aller, on va les voir, ces gros tas, essoufflés et rouges, en train de remonter le terrain derrière un Noir qui file à toute vitesse.

Ça ne m'étonne pas que tu t'entendes bien avec Yvan, tu vois. Il était comme toi, lui, avant de prendre douze mille kilos à cause de l'alcool qu'il s'enfile, parce que t'as bien remarqué, non, à quel point il se détruit à coups de whisky ou de gin, jamais de bière, c'est trop bas de gamme, la bière, il se suicide à petit feu, t'es quand même pas aveugle au point de ne pas t'en être rendu compte? Passionné de tennis, le gars, surtout des Suédois impassibles du genre Borg ou Wilander, les types qui ne laissent passer aucune émotion et qui restent dignes dans la défaite. Moi, le seul que j'aie jamais pu apprécier au tennis, c'est McEnroe, je suis comme ça, colérique, mauvais joueur, mais vivant. Vivant, parfaitement. Parce que Yvan, là, qu'est-ce qu'il fait à part vivoter, hein? T'as envie d'être pareil à quarante ou cinquante ans, célibataire, avec des copines occasionnelles, pas d'enfants, un travail saisonnier? T'es bien parti pour ça, mon fils, et moi, je ne suis pas d'accord, je sais bien que je n'ai rien à dire parce que tu as vingt-sept ans, que tu es indépendant financièrement et que ça fait belle lurette que tu n'écoutes plus mes conseils, mais tu vois, je suis devant ta caméra, et tu ne peux pas me couper ni lever les yeux au ciel, tu es obligé de me regarder et de me cadrer, alors je vais te dire : Corentin, je t'aime plus que n'importe qui je crois, mais je suis témoin de ta dérive en douceur et ça me fait vraiment mal, parce que j'avais de l'ambition pour toi, j'essayais de le cacher, je ne voulais pas que ça te freine ou te trouble, mais oui, j'avais vraiment des espoirs, j'étais heureux que tu suives des études d'histoire, l'histoire, moi, ça m'a toujours passionné, je crois que je t'en avais parlé une fois, mais tu n'as pas fait attention. Je suis sûr qu'en plus tu crois que ce que je préfère dans cette matière-là, ce sont les guerres mondiales ou Napoléon, eh bien, absolument pas, j'ai une passion pour la Renaissance. Parfaitement, l'envolée des arts et de la connaissance, les touche-à-tout de génie, les peintres qui sont aussi sculpteurs, médecins et architectes, comme Michel-Ange, Léonard de Vinci, en fait j'aurais voulu que tu deviennes prof de fac, ou de lycée, ou même de collège, aucune importance, que tu transmettes des connaissances, que tu voies l'étincelle dans les yeux des gamins quand tu racontes des anecdotes, mais je suis conscient que j'idéalise, la réalité du métier, ça doit être très différent, enfin, tu n'as pas pris cette voie-là, tant pis, c'est peut-être mieux au fond, c'est important que tu trouves ton propre sentier, que tu défriches ta propre piste, mais ce qui m'inquiète, tu vois, c'est que tu ne défriches rien, en fait, tu attends, tu te laisses porter, tu observes la vie des gens, tu les amènes à te parler, oh ça, tu deviens probablement expert en nature humaine. Moi je suis plus terre à terre et je ne vois pas où tout cela va te mener, parce que cette histoire de photographe, vidéaste ou je ne sais quoi avec Yvan, tu te rends bien compte que ça ne durera qu'un temps, non ? Non ?

[Courte pause.]

Sinon, pour ce que t'a raconté ta mère, bien sûr, c'est vrai, mais ça ne veut rien dire. Ça arrive à tout le monde. Enfin, à tous les hommes. J'ai cédé, je l'avoue, mais l'histoire n'a pas duré longtemps, quelques semaines tout au plus. D'ailleurs, il ne m'est jamais venu à l'idée de vous quitter, ta mère et toi, c'était hors de question. Je ne sais pas ce qui m'a pris, la crise de la quarantaine, comme on dit. Évidemment, je le regrette, et je sens bien que ta mère me le fait payer à intervalles réguliers, mais j'accepte. J'ai coupé les ponts avec cette femme une fois que ta mère a découvert le pot aux roses. Je pense à elle parfois. À Victoire. Oui, c'était son prénom. Bizarre, hein? Ironique en tout cas. Bref, ça m'arrive de me demander ce qu'elle est devenue. Je comprends que c'est impossible, mais j'aimerais quand même avoir de ses nouvelles, de temps en temps, par exemple des cartes de vœux. Pour m'assurer qu'elle est toujours en vie, que je ne lui ai pas brisé le cœur, et qu'elle me déteste. C'est important, la haine. Quand les histoires s'interrompent et te démontent, c'est ce qui permet de rester en vie et de faire briller la flamme.

J'ai fini.

Je n'ai rien à ajouter.

14 septembre

Il fait un beau temps insolent. La température grimpe autour des trente degrés l'après-midi, mais retombe brutalement le soir. Les villages et les villes ont repris leurs activités – les parents sont déjà épuisés par la remise en route du quotidien : organisation de la semaine, horaires des enfants et des adultes, tensions au travail. Dans l'air, cette mélancolie propre à septembre – une nouvelle année scolaire s'annonce, on l'espère pleine, ronde, remplie de surprises et de succès, mais l'inquiétude est une rouille qui ronge les portails des espoirs, l'avenir est si incertain. Un regard en arrière – on n'a pas vu filer les vacances, est-ce qu'un jour on parviendra à arrêter cette course vers la tombe? Est-ce qu'on prendra ne serait-ce qu'une journée pour arrêter le mouvement, planter ses pieds dans le sol et réfléchir à ce qu'on souhaite vraiment?

Corentin est songeur. Il vient de recevoir une proposition inattendue. Alexandre est passé à la boutique hier après-midi, alors que les deux compères étaient en plein montage des vingt minutes qui témoigneront du mariage d'Angélique et de Sébastien Erlanger. Ne restera sur le DVD que de l'allégé, de l'édulcoré. Aucune trace de bagarre, aucune réplique désagréable, pas la moindre fuite sous la pluie battante vers des rivières noyées par l'orage. Seule anecdote digne de figurer dans le Book Souvenir – le coup de tonnerre et la panne d'électricité. Le temps passant, cet instant deviendra mythique, les aspérités disparaîtront. Corentin et Yvan auront bien fait leur travail – la mémoire gravée déformera, puis remplacera les souvenirs des invités. Les enfants du couple découvriront un jour, émus, la journée parfaite de l'union de leurs parents.

Remplacer la réalité par une fiction acceptable, qui petit à petit prendra le dessus et s'imposera – transformer le reportage doux-amer du quotidien en comédie romantique –, telle est la mission des vidéastes de mariage. Du sucre, du miel, de la chantilly – Corentin est, comme chaque automne, totalement écœuré, même s'il ne veut pas l'avouer à Yvan.

Alors l'arrivée d'Alexandre hier a jeté un chaud et froid – douche écossaise ou sauna finlandais – qui a revigoré tout à coup l'organisme de Corentin. Corentin n'avait pas revu Alexandre depuis son passage devant la caméra. Il avait été le premier. Celui qui avait inauguré la série de portraits que Corentin continuait à peaufiner – il avait déjà recueilli plus de quarante témoignages en trois mois et, chaque fois, quand l'invité partait, sa gorge se serrait et il se sentait les nerfs à fleur de peau, comme s'il laissait un morceau de son épiderme dans la confession de l'autre. Corentin se souvenait parfaitement du monologue d'Alexandre. Il en avait été tellement estomaqué qu'il n'avait jamais pu le visionner de nouveau. Il l'avait reçu comme un uppercut. Il avait l'habitude d'entendre parler de son absence d'engagement en amour – c'était d'ailleurs devenu un des reproches les plus rebattus de toute fille à tout garçon, un cliché d'époque qui reflétait mal la diversité des situations. En amitié, c'était plus rare – et Corentin s'était posé beaucoup de questions. Il avait même commencé des lettres, des vraies, avec papier et encre, qu'il avait envisagé d'envoyer à Alexandre, mais au bout d'une quinzaine de lignes, il avait abandonné – il ne trouvait pas les mots. Corentin n'est pas fait pour l'écrit. Son cerveau est saturé d'images.

Corentin avait été aussi heureux que surpris de voir débarquer celui qui souhaitait être son meilleur ami. Il avait cru qu'Alexandre et Clara avaient finalement décidé de se passer la bague au doigt et que le futur époux venait se renseigner sur les différents forfaits que proposaient Corentin et Yvan. Corentin était prêt à sortir sa tablette magique – même s'il savait qu'elle n'impressionnerait pas Alexandre, qui vendait ce produit par centaines. Yvan était sorti fumer une cigarette pour laisser Corentin diriger les négociations. Une fois assis en face de lui, Alexandre avait souri, posé sa main gauche sur le bureau en teck et annoncé qu'il déménageait à Paris, comme prévu. L'horizon de Corentin s'était assombri tout à coup. Il se souvenait qu'Alexandre avait mentionné ce projet pendant son interview, mais il n'avait pas eu le temps de réfléchir aux conséquences sur sa propre existence. Avec le départ d'Alexandre, il perdait un des piliers de sa vie.

– Et Clara ?

– Elle m'accompagne.

S'était ensuivi un silence à peine troublé par le bruit des passants sur le trottoir. Alexandre et Corentin s'observaient. Ils ne baissaient pas les yeux. Ils se faisaient face. Yvan avait voulu entrer mais Corentin l'avait congédié d'un ton brusque. « Cinq minutes. »

– Je suis…

– Triste ?

– Pire que ça.

– Je suis content de l'entendre. Tu ne m'as jamais rappelé.

– Toi non plus.

– La balle était dans ton camp.

– Je déteste cette expression. On me la ressort régulièrement ces temps-ci.

– On va te la sortir encore davantage.

– Pardon ?

Alexandre avait alors expliqué que la grande chaîne de produits culturels pour laquelle il travaillait lui avait proposé un poste de responsable adjoint d'un de ses magasins parisiens, une promotion qui ne se refusait pas. Il serait bien mieux payé. Il avait incidemment appris qu'il y avait un emploi vacant au rayon appareils photo et produits techniques dans le même point de vente. Alexandre avait déclaré tout de go, sans réfléchir, qu'il avait quelqu'un à leur proposer. Un ami à lui dont il répondait. Travaillant depuis des années dans une petite entreprise de photographie de mariages, excellent sens de la clientèle et bonne connaissance des articles. Cherchant maintenant un emploi moins saisonnier et plus sûr. Alexandre avait tellement vanté les qualités de son ami que le directeur régional avait eu un léger froncement de sourcils qui ne lui avait pas échappé – il avait précisé en souriant que, si cela pouvait rassurer son interlocuteur, il n'y avait rien de sexuel entre eux. La remarque avait détendu l'atmosphère. Le directeur régional avait cru bon de préciser que le problème n'était en rien l'orientation sexuelle, mais la proximité de deux personnes ayant des relations intimes dans la même entreprise, surtout s'il y avait un rapport hiérarchique. Il avait ensuite serré chaleureusement la main d'Alexandre en déclarant qu'il avait hâte que celui-ci rejoigne l'équipe.

Corentin avait cassé le trombone qu'il triturait depuis cinq minutes. Yvan avait tenté une nouvelle incursion, repoussée avec autant de violence que la précédente – « un quart d'heure, s'il te plaît, Yvan, va boire un café en terrasse, si tu veux, je te l'offre ».

Un silence, de nouveau – plus léger, plus aérien – le lever d'une brume sur la rivière, au matin.

– Tu m'offres un emploi ?

– Tu n'es pas obligé d'accepter. Je peux dire que tu m'as fait faux bond.

– Je n'en reviens pas.

– J'espère bien. Je te donnerai les détails si tu dis oui.

– Mais où vais-je habiter?

– Clara n'aura sa mutation qu'en juin, l'an prochain. En attendant, nous pouvons opter pour la colocation. Tu auras tout le temps de te retourner et de trouver un logement décent.

– J'ai combien de temps pour réfléchir?

– Le week-end. Lundi, je monte à Paris prendre le pouls et confirmer ta venue. Je commence la semaine suivante.

– Je ne sais pas quoi dire.

– Tu as trois jours pour formuler une phrase.

Alexandre était parti sans se retourner et Yvan était entré. Pendant quelques minutes, Corentin avait été incapable de prononcer une parole, et puis tout était sorti en bloc, la proposition, ses répercussions, la sensation de perdre pied. Yvan s'était installé en face de Corentin et lui avait posément déclaré qu'il devait accepter. Il n'avait rien de prévu pour les six mois à venir et c'était une offre qu'on ne déclinait pas.

– Mais je travaillerai le samedi !

– Et alors ?

– Je ne pourrai plus te seconder.

– D'abord, tu ne sais pas si ce poste te plaira, ni si tu feras l'affaire. Tu vas avoir un contrat à l'essai et tu seras libre de ton choix pour la suite. Si le boulot ne te convient pas, je te reprendrai avec plaisir l'été prochain ; si ce n'est pas le cas, alors tu n'auras aucun regret. Il est temps, de toute façon, de te jeter à l'eau.

– Je croirais entendre mon père.

– Il n'a pas toujours tort. Je suis allé fureter sur les sites de la concurrence – ils nous grignotent, petit à petit. Dans un an ou deux, je serai sans doute contraint de mettre la clé sous la porte, et je t'assure que, si je trouvais une opportunité comme la tienne, je n'hésiterais pas une seconde.

– Mais…

– Mais quoi ?

– Rien.

Mais.

Mais le lever matinal. Mais la route au soleil levant. Mais la future épouse déjà débordée. Mais le ballet des coiffeuses et des maquilleuses. Mais les rires étouffés. Mais les pleurs soudain. Mais la tragi-comédie quotidienne. Mais les aveux à mi-voix. Mais le saumon fumé, le champagne, le foie gras, la pièce montée. Mais les instants volés, les sourires voilés, les dépressions larvées, les bonheurs fugitifs. Mais les kilomètres de mots et d'images, les pressions sur le bras, le genou, l'épaule, les bourrades, les agacements, les épiphanies. Mais les mariés, les familles, les enfants, les cousins, les invités, les témoins, les demoiselles d'honneur. Mais la tête qui tourne, la fatigue, les crampes dans les mains, la sueur dans le cou. Mais la mairie, l'église, le vin d'honneur, le repas, la danse, la fête, la salle de montage.

Mais Yvan.

Corentin se lève, Yvan également. Corentin s'approche et le prend dans ses bras. Yvan lui tapote le dos puis se détache, se racle la gorge et explique que bon, bref, ils ont encore deux mariages à préparer, celui des Harmand, d'abord, est-ce que c'est bien calé ? Et pour les Vernier, on est au point ?

De ces deux cérémonies-là, Corentin gardera tout en mémoire. La coiffure de Céline Harmand qui se défait soudain à l'entrée de l'église, si bien qu'elle arrive échevelée à l'autel, rouge comme une voiture de pompiers, en proie à une crise de fou rire contagieux. La confusion des époux Vernier, la semaine suivante, quand l'une des alliances ne parvient pas à glisser le long de l'annulaire de Madame. Le soleil insolent qui berce septembre, cette année-là, et fait naître des auréoles sous les bras des témoins. Les sempiternels passages des livres sacrés, les hymnes à la joie et à l'amour, les chansons de pacotille qui s'élèvent sous les voûtes ou dans les salles communales, célébrant un amour fragile et friable. Les retours à la maison, épuisé.

Corentin n'a pas le temps de souffler. À peine l'union des Vernier célébrée et fêtée, il prépare sa valise pour Paris – Alexandre, aidé par le directeur régional, a trouvé un T3 en un temps record.

C'est un plongeon dans l'eau glacée, en cette fin septembre torride. La vie commence.

Corentin, 10 novembre

Au fond, ce n'est que justice. C'est toi qui as été le premier à t'exposer – mais tu me l'avais demandé, tu te souviens ? – alors c'est normal que tu sois le premier à passer derrière la caméra. Je suis heureux d'avoir pris cette décision, celle de répondre à tous ceux qui m'ont confié des bribes de leur vie, semaine après semaine. Je leur dois bien ça. Ils m'ont aidé à vivre dans un moment où je n'allais pas très bien et où je dérivais de plus en plus loin, même si personne ne semblait s'en rendre compte. Je me faisais tellement oublier que j'étais souvent hors champ, mais comme je suis quelqu'un de discret, les gens ne le remarquaient pas ; un jour, ils se retournaient et disaient en plissant le front « tiens, mais Corentin n'est plus là ! ». Personne ne peut deviner par quoi je suis passé ces derniers mois, jusqu'à ce que tu fasses irruption dans la boutique d'Yvan. Certains soirs, quand je rentrais, j'aurais pu m'emplafonner dans un arbre ou obliger la voiture à défoncer le parapet pour plonger dans le fleuve, un peu plus bas. J'aurais eu la politesse de tout arranger pour qu'on pense à un accident. Mes parents ne méritent pas une mort sur la conscience. Je n'avais pas envie de mourir, d'ailleurs – simplement, je ne voyais pas pourquoi je devais continuer, dans le flou artistique, à filmer le bonheur des autres tandis que les sables mouvants prenaient possession de mes chevilles, de mes mollets, de mes cuisses. Lorsque tu es entré dans le magasin, j'étais englué jusqu'au torse, je ne bougeais plus, l'hiver allait arriver, j'allais geler sur place tandis que la boue entrerait par mon nez et ma bouche. Dans quelques années, quand je regarderai en arrière, je me demanderai ce qui m'a pris, moi qui n'ai jamais été porté sur le morbide, moi qui soutiens toujours qu'on devrait comprendre que les choses sont sans espoir tout en étant pourtant déterminé à les vouloir changer, je crois que c'est Fitzgerald qui a écrit cette phrase-là, mais je n'en suis pas sûr, je ne suis pas expert en citations.

Je crois que nous traversons parfois des entre-deux. Des bandes de terre qui vont s'amenuisant, des flancs de route léchés par la mer jusqu'à ce que le ruban de bitume devienne un fil, duquel on peut tomber très facilement. J'ai failli chuter. Je n'en reviens pas d'être dans cet appartement parisien, avec toi, et de te l'avouer. Je pensais que si je m'en sortais, personne ne saurait jamais rien – mais j'imagine que la plupart de ceux qui sont passés devant ma caméra ont été surpris par ce qu'ils ont finalement révélé. Je ne veux pas que qui que ce soit touche à ces portraits filmés. Je pourrais les détruire, bien sûr, mais je n'en ai pas envie. Je veux pouvoir les consulter si le moral flanche à nouveau, si mes rêves s'assombrissent, si, en roulant, il me vient tout à coup l'idée qu'il suffit d'un coup de volant à gauche ou à droite pour que les problèmes trouvent leurs solutions. Un viatique. Je crois que ça s'appelle ainsi – les portraits sont mon viatique. Et mon talisman.

Alors, je vais répondre, oui. Je vais répondre à toutes les interrogations muettes que m'ont adressées mes invités. Je les entendais souvent. Elles sourdaient de tous leurs membres. « Et toi. Qu'est-ce que tu en penses ? Est-ce que tu partages mon point de vue ? » Je vais les contacter. Je vais leur expliquer. J'ai une quarantaine de contre-portraits à leur proposer. Je suis persuadé qu'ils accepteront, tous. À part peut-être Aline Célesta. Il faut quand même que je lui dise que c'est suite à sa confession que mes idées se sont brouillées et que les nuages se sont amoncelés. Elle déclarait avec une telle tranquillité tout ce que j'aurais voulu entendre. C'était comme entrouvrir le soupirail d'un paradis et découvrir que non, décidément, on n'en fera pas partie.

Alors commençons par toi, Alexandre.

Tu as toujours été là dans ma vie, et je ne t'ai jamais rendu justice. Écoute maintenant ce que j'ai à te dire. Mais, exceptionnellement, je vais te demander d'arrêter la caméra. Je veux te parler face à face, sans subterfuge. Et sans public. Voilà. Merci.

7 juillet – neuf mois plus tard

Yvan grogne.

Il y a tous ces téléphones portables activés, tous ces flashs qui crépitent. Il avait pourtant insisté pour qu'aucune photographie ne soit prise. Pas de caméra. Pas d'aparté. Pas de cérémonial – ou si peu. De toute façon, il s'agit d'un remariage, puisque Annabelle Jalencourt a divorcé cinq ans auparavant – une séparation sans heurts : même les enfants d'Annabelle, Théo et Lucas, quatorze et seize ans, ont été soulagés de voir le couple de leurs parents éclater tant il était devenu évident qu'ils ne ressentaient plus rien l'un pour l'autre. Néanmoins, l'arrivée d'Yvan dans l'existence de leur mère n'a pas été d'emblée bien acceptée. Les frères n'avaient guère confiance en cet homme bourru qui partait parfois dans des soliloques de vieux schnock, et passait ses week-ends à célébrer les unions des autres. Il a fallu du temps. Des passions partagées – la découverte de la cave d'Yvan, croulant sous les disques vinyles, avait permis un premier rapprochement ; les parties de ping-pong dans le jardin d'Annabelle avaient été une seconde étape. Une présence dans les moments difficiles – la rupture de l'aîné avec celle qu'il pensait être l'amour de sa vie, la confrontation insolente du cadet avec une prof de math inique. Des soirées devant des séries anglaises ou américaines (*Game of Thrones* avait leur préférence), des après-midi à regarder les Espagnols courir sur la terre battue de Roland-Garros. Des discussions à bâtons rompus sur la place sacrée de leur père. La promesse de ne jamais rien décider pour l'avenir d'enfants qui n'étaient pas les siens. Encore aujourd'hui, Yvan sait que la partie n'est pas gagnée – mais elle est au moins engagée et les joueurs échangent des balles davantage pour le plaisir que pour la compétition. Annabelle observe ses mâles et sourit.

Elle ne s'est pas départie de cette ironie parfois cruelle qu'elle dirige autant vers ses fils que vers Yvan. Mais c'est elle qui a suggéré le mariage, il y a quelques mois. Elle l'avait fait, bien sûr, sur le mode satirique, mais l'hameçon était lancé, et si Yvan avait grommelé, il n'avait pas opposé de veto – il avait seulement précisé qu'il était hors de question que ce bout de papier à signer à la mairie soit l'occasion de dépenses inconsidérées et de journées interminables à choisir des costumes ou des robes blanches. Annabelle avait alors évoqué le jour de leur rencontre, l'union de Fanny et de Lise, puis celle des Giret qu'Yvan lui avait racontée, les invités qui apportaient tous un plat de leur confection, leur envie de danse et de fête. Yvan avait demandé du temps pour réfléchir. Avait accepté. Et seulement imposé que personne, mais alors là personne, ne tienne une caméra. « Même pas Corentin? » « Surtout pas Corentin. »

Corentin est arrivé la veille au soir. Il a posé un jour de congé. Alexandre aussi. Ils travaillent tous deux dans la chaîne de biens culturels qui les a recrutés l'automne dernier. Ils habitent également ensemble, mais vont bientôt se séparer puisque Clara a enfin obtenu sa mutation. Corentin a trouvé une autre colocation dans le XXe et va déménager sous peu. Il prend aussi des cours aux Beaux-Arts et prépare un court-métrage avec un de ses collègues – rien de très marquant, mais un projet qui lui tient à cœur. Une série de portraits d'employés d'entreprises diverses, parlant à cœur ouvert de leur rapport au travail. Paris a absorbé Corentin. Il ne s'y sent jamais seul – même s'il est conscient que l'agitation de la capitale est un alcool lourd qui se digère mal. Au début, il ne revenait que rarement dans sa ville d'origine, mais depuis quelque temps, on le rencontre plus fréquemment le dimanche et le lundi dans les rues piétonnes du centre. Il y a cette femme à ses côtés – c'est sans doute pour elle qu'il reprend le train en sens inverse.

Elle est venue plusieurs fois à Paris, mais l'appartement est petit et lorsqu'ils se retrouvent tous les quatre, Alexandre, Clara, Corentin et elle, ils se marchent sur les pieds. À mots couverts, parfois, elle parle de le rejoindre dans la capitale. Corentin rougit un peu, baisse les yeux, et acquiesce. Oui, ce serait bien. Non, évidemment, ce n'est pas pour tout de suite, il faut trouver un emploi et ce n'est pas facile en ce moment – encore que ce serait sans doute plus simple dans une grande ville. Et oui, ce sont encore les balbutiements de l'histoire. Les prémices. Ils se connaissent peu. Ils se hument. Ils se désirent. Ils s'apprennent. Elle soupire, parfois. Elle a hâte de rejoindre Paris, en vérité, mais elle ne veut pas précipiter les choses, ni mettre une trop grande pression sur les épaules de Corentin, de peur de le faire fuir. Elle se sentirait mieux dans la capitale – davantage de monde, un anonymat total, une nouvelle virginité. Elle serait même capable d'y habiter seule désormais et d'affronter les années à venir – après tout ce qui s'est passé ces neuf derniers mois, de toute façon, elle est prête.

Elle étouffe un petit rire. Corentin fronce les sourcils et lui demande ce qui se passe. Elle hausse les épaules – aucune importance. Elle porte un ensemble rouge et jaune un peu trop voyant pour un mariage – mais quand elle regarde la foule des invités, elle ne voit que des couleurs vives. C'est un mariage salade de fruits, alors que le sien, l'année dernière, était un saint-honoré, une religieuse au café-chantilly qui restait sur l'estomac. Un paris-brest raté. Et la touche myrtille de son ex-belle-mère était la cerise sur le gâteau. Elle s'était vite sentie dépossédée de cette cérémonie particulière et de sa signification par cette femme très dirigiste et par son fils, qui ne réagissait pas. Elle aimait beaucoup son mari, mais elle s'est rendu compte ce jour-là qu'elle n'en était pas amoureuse. Ce n'était pas grave, pensait-elle. De nombreux couples vivent en bonne intelligence et forment d'excellentes équipes sans brûler de passion. C'était même mieux, sans doute, se persuadait-elle. La tendresse, le respect, c'était le fondement des unions qui durent. Les autres se brûlaient les ailes et se consumaient vite. On les retrouvait l'année suivante, divorcés et déprimés, invités au vin d'honneur de leurs anciens témoins.

Tandis que le maire s'avance et se racle la gorge avant de lire les articles du Code civil, elle repense au cagibi. À la musique qui parvenait assourdie. Au face-à-face avec la caméra. À Corentin qui la filmait. Elle l'entendait respirer pendant qu'elle se concentrait sur ce qu'elle avait à déclarer. Et cette respiration, soudain, emplissait l'espace. Les minutes passant, les images se bousculaient dans son esprit. Corentin sans sa chemise. Sa main à elle sur son torse à lui. Le rapprochement des corps. La robe qui tombe et forme une corolle. Les cuisses de Corentin, fines, sous ses doigts. Le sexe de Corentin. Dressé. En attente. Le gémissement quand elle commençait à le caresser.

Il avait murmuré : « Quand vous voulez », et elle était brutalement redescendue sur terre. Dans cette pièce étroite qui servait de réserve et de vestiaire pour les costumes des fêtes scolaires, elle ne savait plus ce qu'elle était venue faire. Elle sentait son cœur qui s'emballait. Elle devait se calmer. Elle avait trouvé les premiers mots – elle les avait si souvent répétés.

« On est comme ça, Christophe. On est ce type de couple-là. Celui qui ne retient pas l'attention. Celui dont on se demande s'il est venu à la soirée ou pas. Mais tu sais quoi ? On les emmerde. »

Elle avait griffonné des idées sur des feuilles de papier qu'elle avait toutes roulées en boule. Elle savait ce qu'elle voulait dire. Sa déclaration à l'homme de sa vie.

Et tandis qu'elle parlait, cette incertitude, qui montait – vraiment ? Est-ce qu'elle avait réellement envie d'accompagner Christophe tous les jours, pour le meilleur et pour le pire ? Et cette étincelle, cette fluidité, elle était là cet après-midi, sûrement, mais est-ce qu'elle émanait de leur couple récent ou de la sensualité des images qui l'avait assaillie tout à l'heure ? Elle s'entendait parler, enchaîner les sujets, les verbes, les compléments, prendre de l'assurance, de la conviction, et pendant tout ce temps, elle fixait la caméra, elle absorbait les détails – les jambes légèrement écartées de Corentin, sa main sur la machine, ses doigts, mon Dieu, toucher ses doigts.

« J'ai envie. J'ai envie des années qui vont se succéder. J'ai envie de ton amour comme tu as envie du mien. Il faut que j'arrête maintenant, je pourrais encore te parler pendant des heures, mais il y a une fête là-bas et même si elle n'est pas à proprement parler la nôtre et si je préférerais passer la nuit avec toi seul, je crois que ce serait bien que j'y retourne. Surtout que tu y es, toi, et que tu dois te demander où je me suis envolée. J'arrive. Je t'aime. »

Quand elle avait prononcé ces dernières phrases, elle avait compris qu'elle les adressait à celui qui se tenait là, devant elle, caché derrière l'œilleton et pas à celui qui la cherchait sans doute dans la salle des fêtes. Mais il était trop tard. Bien trop tard. Le destin était scellé, et rien ne pourrait jamais changer. D'ailleurs, Corentin n'en avait rien à faire d'elle, de ses atermoiements, de cette langueur soudaine dans ses membres. Le poids de la confession avait fondu sur elle – dans le silence qui avait suivi, elle s'était presque noyée, puis elle était remontée, une petite bulle d'oxygène, une autre, une clarté verte, elle était de nouveau à la surface. Elle n'avait pas le choix. Il fallait affronter le reste de sa vie. Elle s'en souvient maintenant comme du moment le plus sombre de toute son existence. Elle ne veut pas se rappeler le reste de la soirée.

Elle n'était pas passée au magasin pour récupérer les DVD et le lecteur Blu-ray. Catherine, sa belle-mère, s'en était chargée et y avait traîné Christophe. Ils avaient regardé le montage final tous les trois le soir même, dans un silence religieux, et Catherine avait déclaré, en appuyant sur la télécommande, qu'elle était satisfaite, que c'était du très bon travail. Elle avait eu une bonne intuition quand elle les avait engagés, ces deux-là. Aline avait prétendu avoir mal à la tête. Elle était allée s'allonger.

Les mois avaient passé. Elle était parvenue à reléguer Corentin à l'arrière-plan de sa mémoire, parmi les illusions perdues et les rêves avortés. Elle se sermonnait souvent en se disant que, de toute façon, l'objet de son désir n'était même pas au courant de cette lubie et qu'il en rirait sans doute, s'il l'apprenait. Il aurait raison. C'était stupide.

Elle s'était pliée à toutes les obligations, le voyage de noces en Crète dans un hôtel de semi-luxe, avec chambre surclassée et panier de fruits à l'arrivée dans la suite nuptiale ; les soirées avec les amis et collègues, au retour, pour montrer les photos et les films réalisés avec le téléphone portable – les convives se montraient toujours captivés par la taille du buffet du déjeuner et passaient une heure ou deux chez eux, en revenant du dîner, à surfer sur Internet pour voir si par hasard il n'y avait pas des offres intéressantes en Grèce – autant profiter de la crise qui sévissait dans le pays. Les nuits avec Christophe. Ils couchaient ensemble depuis trois ans et Aline se rappelait de nuits torrides – mais maintenant, de son côté, le cœur n'y était plus tout à fait. De temps en temps, un souvenir de dos en sueur ou de mèche relevée par une main fine venait s'interposer et relançait les ébats, sinon la routine s'installait avec une rapidité déconcertante.

Elle était parvenue à le chasser de son esprit, pourtant. Elle s'était jetée dans le travail, avait préparé toutes ses séquences de CE2 pour l'année suivante, cela tombait bien, elle devait être inspectée, elle serait très bien notée. Elle avait aidé son mari à changer les papiers peints du salon et de la cuisine. Ils avaient retiré le jaune soleil beaucoup trop année 2000 pour le remplacer par du taupe et du blanc, avec un soupçon de violine. Une fois les travaux terminés, Christophe avait été satisfait. Elle, en revanche, avait eu l'impression de vivre dans une maison rafraîchie par l'équipe d'une émission de télévision spécialisée dans la décoration.

L'automne, l'hiver, le début du printemps. Elle oubliait. Elle se laissait entraîner par le quotidien, dont la force d'attraction est insoupçonnable. Elle cherchait dans les catalogues et sur les sites Web les promotions pour les séjours à l'étranger – Christophe avait réussi à négocier deux semaines de congé de suite cet été, alors qu'il n'avait pas d'enfants et que les parents étaient prioritaires. Il avait prévenu qu'il ne souhaitait pas de culturel, simplement du repos, une piscine, une plage, des activités ludiques le soir. Et un buffet gigantesque. Elle avait donc rangé les prospectus sur Rome, la Toscane et la Vénétie. Elle était en train de consulter ceux sur la Turquie quand le téléphone avait sonné. Christophe était sous la douche. Elle avait répondu. En entendant la voix de Corentin, elle avait été obligée de s'asseoir mais avait réussi à garder son calme. Il était embarrassé de lui téléphoner, expliquait-il, et il espérait qu'il ne la dérangeait pas trop. Il voulait la rencontrer le temps d'un café, pour lui exposer la suite du projet auquel elle avait gentiment accepté de participer, quelques mois plus tôt. Aurait-elle un moment pour le voir ?

Elle se souviendra toute sa vie de l'itinéraire qu'elle avait pris le lendemain. L'avenue Leclerc, le rond-point de la République puis la rue Victor Hugo. Au numéro 23, se trouvait ce salon de thé, un peu en retrait. Elle n'y était jamais entrée. Elle ne l'avait, en fait, jamais remarqué auparavant. Il l'attendait. Il était nerveux. Il parlait par saccades.

Elle comblait les points de suspension. Ils avaient évoqué le mariage, la confession, les semaines qui avaient suivi. La conversation était ponctuée de silences pendant lesquels ils n'osaient se regarder. Corentin était rentré chez lui très troublé.

Il le fut encore plus quand, deux jours plus tard, elle s'était tenue derrière la caméra et qu'il avait compris, en commençant à parler, que ce qu'il allait dévoiler allait changer le cours de leurs existences. Il fixait le mur du salon. Débutait des phrases, s'arrêtait, semblait perdu – rougissait en se rendant compte de ce qu'il était en train d'avouer. Cette attirance inattendue, qui remontait au moment où elle avait déclaré sa flamme à un autre, à son mari, comment elle rayonnait à cet instant-là, comment il aurait voulu qu'elle s'adresse à lui, comment il en avait été blessé, comment il avait dérivé ensuite, de plus en plus loin, de plus en plus solitaire.

Et puis tout à coup, elle avait cédé. Elle avait quitté le rôle d'observatrice. Elle était venue l'embrasser. Plus rien d'autre n'avait compté. Les mois suivants avaient été à la fois les plus pleins et les plus vides qu'elle ait jamais vécus. Elle se détachait de l'un pour s'attacher à l'autre. Elle dévidait le fil de l'histoire passée en tentant de créer des motifs pour l'avenir. Des cris, des rires, des larmes, du plaisir, des injures, des mots tendres – la vie comme un grand huit.

Depuis peu, tout semblait apaisé. Christophe avait abdiqué et le divorce à l'amiable serait prononcé d'ici peu. Corentin était moins fébrile – le tremblement de ses mains se calmait et il remontait plus rarement la mèche qui lui tombait sur les yeux. Le fleuve sur lequel ils naviguaient restait tempétueux et réservait sans doute bien des surprises, mais désormais ils tenaient tous deux la barre et savaient éviter les écueils.

L'invitation d'Yvan était parvenue début juin. Un mariage – sans préparatifs, sans protocole, sans ordre, sans passages obligés. Un symbole de liberté, parce que le mariage, parfois, c'était cela – non pas le début d'un enfermement, mais la conquête d'une indépendance à deux et la certitude de n'être plus seul à faire face aux éléments. Décupler les forces et le courage.

C'était la première sortie officielle de Corentin et d'Aline. Yvan, qui était au courant de la liaison, était touché de les voir s'afficher ensemble. Il avait même promis des vacances prochaines, ensemble, dans une grande maison, proche de l'océan, des promenades, des barbecues, des jeux de société. Corentin avait rétorqué qu'Yvan parlait comme un dépliant publicitaire. Il lui avait conseillé de se concentrer plutôt sur le rôle qu'il devrait bientôt tenir.

Le maire demande aux témoins de s'avancer. Corentin obtempère. Il sent dans son dos les regards croisés de sa mère, de son père et d'Aline. Il se sent épaulé, presque porté vers cet autel laïc devant lequel il ne se marie pas. Yvan lui adresse un clin d'œil. Serments. Alliances. Corentin enregistre tout, en caméra cachée.

Yvan n'espérait quand même pas s'en tirer à si bon compte, non?

DU MÊME AUTEUR

Accès direct à la plage, Delphine Montalant
1979, Delphine Montalant
Juke-Box, Robert Laffont
Un minuscule inventaire, Robert Laffont
Passage du Gué, Robert Laffont
This is not a love song, Robert Laffont
À contretemps, Robert Laffont
Le Baby-Sitter, Buchet/Chastel
G229, Buchet/Chastel
Et rester vivant, Buchet/Chastel
06H41, Buchet/Chastel
Un hiver à Paris, Buchet/Chastel

CET OUVRAGE
A ÉTÉ TRANSCODÉ
ET ACHEVÉ D'IMPRIMER
SUR ROTO-PAGE
PAR L'IMPRIMERIE FLOCH
À MAYENNE EN NOVEMBRE 2015

N° d'impression : 88728
Dépôt légal : janvier 2016
Imprimé en France